蒙塔巴诺警长探案系列

蒙塔巴诺警长探案系列

◎ 水的形状

◎ 偷零食的贼

◎ 悲伤的小提琴

◎ 丁达利之旅

◎ 夜的味道

◎ 变色海岸线

◎ 蜘蛛的耐心

◎ 纸月亮

◎ 八月炙热

◎ 天蛾之翼

◎ 沙子跑道

◎ 陶工之地

蒙塔巴诺警长探案系列

沙子跑道

[意] 安德烈亚·卡米莱里　著

张　莉　译

LA PISTA DI SABBIA

Andrea Camilleri

新 华 出 版 社

图书在版编目（CIP）数据

沙子跑道 / (意) 安德烈亚·卡米莱里著；张莉译.
-- 北京：新华出版社, 2017.12（蒙塔巴诺警长探案系列）
ISBN 978-7-5166-3716-6

Ⅰ.①沙… Ⅱ.①安… ②张… Ⅲ.①长篇小说-意大利-现代
Ⅳ.①I546.45

中国版本图书馆CIP数据核字（2017）第294541号

著作权合同登记号：01-2016-2583

La Pista di Sabbia by Andrea Camilleri
Copyright © 2007 by Sellerio Editore, Palermo
Simplified Chinese edition copyright © 2018 by Xinhua Publishing House
All Rights Reserved
本书中文简体字专有出版权属新华出版社

沙子跑道

[意] 安德烈亚·卡米莱里 著　　张 莉 译

选题策划：黄绪国	**责任印制：**廖成华
责任编辑：王金英	**封面设计：**李尘工作室

出版发行：新华出版社
地　　址：北京石景山区京原路8号　　**邮　　编：**100040
网　　址：http://www.xinhuapub.com
经　　销：新华书店、新华出版社天猫旗舰店、京东旗舰店及各大网店
购书热线：010-63077122　　**中国新闻书店购书热线：**010-63072012

照　　排：臻美书装
印　　刷：三河市君旺印务有限公司

成品尺寸：130mm×185mm　1/32
印　　张：7.5　　　　　　　　**字　　数：**155千字
版　　次：2018年3月第一版　　**印　　次：**2018年3月第一次印刷

书　　号：ISBN 978-7-5166-3716-6
定　　价：36.00元

1

他睁开眼睛，然后马上又闭上了。有一段时间，他有点抗拒早晨起床。不是说有美梦没做完，只是单纯地想多睡一会儿，沉浸在温暖舒适的黑暗深处，任何人都找不到他。

但他知道自己醒了，无可救药般从睡梦中醒来。他的眼睛仍然紧紧地闭着，同时听到了大海的声音。这个早上，海的声音很轻，就像叶子一样沙沙作响，不停地重复着相同的韵律，这是海浪起起伏伏、平静呼吸的声音。看来，今天会是个风和日丽的好天气。

他睁开眼睛，看了一眼时间：七点。准备起床时，他想起了做过的梦，但他只记得一些不知所解、互不关联的画面。这真是一个拖延起床的绝佳借口。他又闭上眼睛，想一探究竟，把这些散碎的记忆拼凑起来。

※

他身边站着一个高大的女人，身穿绿衣。现在他意识到，这是利维娅，但其实也不是。她有着利维娅的脸，却没有利维娅的身材，她的身体胖到近乎变形，尤其是臀部，以至于走起路来都困难。

他感觉累了，因为他走了很长一段路，虽然不记得他们到底走了多远。于是他问她："还有很远吗？"

"你已经累了吗？你还跟不上一个小孩子呢！一个小孩子都不会这么快就喊累！我们差不多快到了。"这声音不是利维娅的，利维娅的声音不会这么尖、这么刺耳。

他们又走了一百步左右，来到一扇开着的铸铁闸门前。绿油油的草地延伸到门的另一边。他心生疑问：这里没有道路，也没有房屋，那要门做什么呢？他想问这个女人，但最终没问，因为他不想再听到她的声音了。

穿过这样一个没有任何用途、不知通往何处的门实在是荒谬至极，于是，他想从门旁绕过去。

"不要！"女人大叫道。"你在做什么？你不能这样做！你会惹恼这儿的主人的！"她的声音非常尖，几乎震破了他的耳膜。这儿的"主人"是谁？不管事实如何，他还是顺了她的意思。

走过大门后，情景为之一变：他们来到了一处赛马场，跑道是泥土的，窄长形，但一个观众也没有，看台是空的。

然后，他意识到自己正穿着带马刺的马靴，而不是平时穿的鞋。此时，他就像赛马选手一样，胳膊下竟然还夹着一支马鞭。天啊！他们想让他干什么？ 他从来没骑过马！要说骑过的话，那就是十岁的时候，叔叔带他去乡下骑过。

"上来吧！"女人尖声说。他转过身看着她。

这时，她已不再是女人，她变成了一匹马，四肢触地，手和脚上的蹄子明显是假的，由骨头制成。而且，她脚上的蹄铁很松，像拖鞋一样。

她已经配好了马鞍和缰绳。

"快，上来！"她重复道。

他骑上这匹马，马像失控的降落伞那样飞快地跑了起来。哒哒哒哒……

"停！停！"他大喊。

但她却加快了脚步。在某个地方，他从马上摔下来，用左脚钩住马镫，马嘶叫了起来——不，她一直在大笑……这时，这匹"人马"嘶鸣一声，身体前倾，重心落到前腿。此刻他突然发现自己自由了，于是赶紧跑了。

※

他努力回想自己到底梦到了什么，但除了上面讲到的内容，他什么都想不起来。他睁开眼睛，下床，走到窗户处，打开百叶窗。他首先看到的是一匹马，躺在沙滩上一动不动。

他停下脚步，有点迷惑不解。他觉得自己还是在做梦。然后，他意识到，沙滩上的那匹马是真的，但为什么那匹马会死在他家门前呢？他想，当它倒下时，它一定发出过微弱的马嘶声，所以，他才会梦到它。

他尽量往窗外看，以获得更好的视角。现在，外面一个人也没有。向远处望去，他发现每天早上划着小船出海打鱼的渔夫，现在看上去就像是大海上的一个小黑点。海滩边缘、最靠近水面的硬沙上有许多马蹄印，但看不出这些马蹄印是从哪里开始的。

这匹马是从很远的地方过来的。

他匆忙穿上裤子和衬衫，打开落地双扇玻璃门，穿过阳台，来到海滩。他靠近并观察着这匹马，内心的愤怒油然而生。

"混蛋！"

马的全身都沾满鲜血，头部被某种铁棍打裂了。它身上到处都是深深的伤口，有几块肉都快掉下来了，这些都是它长期遭受虐打的证据。由此可猜测，这匹马一定被狠狠地打了一顿，但还是挣脱了。它拼命地奔跑，直到精疲力竭，一步也走不动了为止。

警长感到愤怒至极，如果当时打马的人在他手上，他一定会让这家伙跟马有相同的下场。他开始沿着蹄印走。

蹄印经常突然就消失了，表明这匹可怜的马曾跪倒过多次。他走了将近四十五分钟，才到达马被打的地方。

杀马的混蛋对马拳打脚踢，以至于沙子表面形成了一个圆环，他的鞋印和马蹄印交织在一起。附近有三个沾满干血的铁棒，还有一条断了的长绳，可能是用来拴马的。警长开始辨别鞋印，这些鞋印很难分辨。最后，他得出结论，杀手最多四个人，但真正动手的只有两人，另外两人袖手旁观，一直站在圆环的边缘，时不时抽几支烟。

※

他转过身，走进屋子，给警察局打了电话。

"你好？哪位？"

"坎塔雷拉，我是蒙塔巴诺。"

"啊，警长！发生什么事了，警长？"

"奥杰洛警探在吗？"

"他不在。"

"那让法齐奥接电话，如果他在的话。"

大概一分钟过去了。

"我能为你做什么，警长？"

"听着，法齐奥，立刻到我这儿，把加洛和加鲁佐也叫上，如果他们在的话。"

"有事儿？"

"是。"

他打开房子的前门，走出去，沿着海滩走了很长一段路。想到可怜的动物遭受的种种暴行，他心中愤懑难平。为了更仔细地观察，他再次靠近马，蹲了下来。他发现，也许当马暴跳反抗时，他们甚至还暴打它的肚子。之后，他注意到，其中一个马蹄铁几乎完全掉下来了。他肚子朝下趴在地上，伸出手去摸马蹄铁。马蹄铁由一个钉子固定着，但这个钉子只钉了一半。这时，法齐奥、加洛和加鲁佐到了，他们从阳台望去，发现了警长，就来到海滩上。他们看着马，什么也没问。

只有法齐奥说话了。

"这世上有些人的心真是够狠的！"他评论道。

"加洛，你能把汽车开到这儿，然后沿着海滩开吗？"蒙塔巴诺问。

加洛仰起脸笑着说道："小菜一碟，警长！"

"加鲁佐，你跟他一起去。你沿着马蹄印开。对你来说，找到马被暴打的地方应该不成问题，那儿有铁棒、烟头，可能还有其他的东西，你自己看着办吧。你还得收集指纹，做DNA测试，反正对侦破有用的事都要做。"

"那我们之后做什么？报告反虐待动物协会吗？"另外两人离开时，法齐奥问道。

"怎么？你觉得事就这样完了？"

"不，不是的，我就是逗逗你嘛！"

"嗯，现在可不是开玩笑的时候。他们为什么要这样做呢？"法齐奥思考着。

"可能是对马主人的一种报复。"

"也许吧。就这样？"

"事情绝非这样简单，很可能是别的原因。我听人说过……"

"说什么？"

"我听说维加塔有一个秘密赛马场。"

"你认为这匹马的死与这个赛马场有关？"

"还有可能是什么原因呢？我们现在要做的是等着看马死后会发生什么，一定会出现点儿事情的。"

"但如果我们可以阻止这些后果的发生，那岂不是更好？"蒙塔巴诺说。

"那样确实会更好，但很难。"

"好吧，但我们现在可以确凿地说，把马杀死之前，他们一定先偷了马。"

"开玩笑吗，警长？没有人会报告马匹失窃的。这不就成了自首说非法赛马是自己组织的吗？"

"这是一笔很大的买卖吗？"

"他们说，下了数百万欧元的赌注。"

"谁下赌注了？"

"有人说是米歇尔·普雷斯蒂亚。"

"他是谁？"

"警长，这个人有点傻，大约五十岁。直到去年为止，他一直在建筑公司当会计。"

"但这看上去不像又傻又笨的会计师所为。"

"当然不像，警长。事实上，普雷斯蒂亚只是出面代表下注。"

"代表谁？"

"这个没人知道。"

"你得试着找出来。"

"我会尽力的。"

※

当他们回到屋子里时，法齐奥走向厨房煮咖啡，蒙塔巴诺打电话给市政厅，报告在马里内拉的海滩上发现一匹马的尸体。

"是你的马吗？"

"不是。"

"咱们得把这件事弄清楚，警长。"

"为什么？我有说得不清楚的地方吗？"

"不，只是有时人们说这匹马不是他们的，是因为他们不想支付搬移费。"

"我告诉你，这不是我的马。"

"好，我们相信你。你知道这匹马是谁的吗？"

"不知道。"

"好吧，我们相信你。你知道它怎么死的吗？"

蒙塔巴诺思考到底要不要告诉这个书记员一些信息，最后决定什么也不说。

"不知道。我就在我家窗外看到了马的尸体。"

"所以你没看到它死的过程？"

"明摆着的事儿嘛！"

"好吧，我们相信你。"书记员说道，然后开始哼唱《你向主展开翅膀》。

这是给马唱的哀歌吗？市政厅还对马的去世深感沉痛？

"喂，喂？"蒙塔巴诺说。

"我在思考。"书记员说。

"有什么好思考的？"

"我得想想，移走尸体的活儿应该谁干。"

"不是你吗？"

"如果按照第 11 条规定执行，这应该由我们来做，但如果按照第 23 条规定，应该由省卫生厅来做。"

"听着，既然你之前一直相信我说的话，我建议你接下来继续相信。我向你保证，要么在十五分钟内过来把它移走，要么我就去——"

"你是谁，我可以问问吗？"

"我是警长蒙塔巴诺。"

书记员的语气立马改变了。

"这绝对得按照第 11 条来，警长，我敢打保票。"

蒙塔巴诺马上就缓和了下来。

"所以，你可以移走马的尸体？"

"当然了。"

"你非常确定吗？"

书记员担心起来。

"你为什么这样问我呢？"

"我不想让卫生厅的人找麻烦。你知道的，一旦辖区方面出了问题，问题可是不小的呢……我这样说是为您好，我不想……"

"不必担心，警长。就是第 11 条规定，半小时内人就到，没问题的，我尊敬的警长。"

※

蒙塔巴诺和法齐奥在厨房里喝咖啡，等待加洛和加鲁佐回来。然后，警长洗了个澡，刮了胡子，换下脏了的衬衫和裤子。回到餐厅时，他在阳台上看到了法齐奥，对方正和两个穿着"航天服"、仿佛刚从飞船上下来的男人说话。

海滩上有一辆小型菲亚特牌菲奥里诺面包车，车的后门是关着的。马看不见了，显然它已经被人装到车里拉走了。

"嗨，警长，您能过来一下吗？"法齐奥问。

"我在呢。早上好，先生们。"

"早上好！"一个宇航员说。

另一个人从面具上面鄙视地看了他一眼。

"他们找不到尸体。"法齐奥困惑地说。

"找不到？"蒙塔巴诺有点心烦。

"但它确实在那儿啊！"

"我们哪儿都找了，什么也没看到。"两人中比较健谈的一人说道。

"这是什么？开玩笑吗？你是耍我们还是怎么？"另一人威胁地说。

"这儿没人开玩笑，"法齐奥向那个让他生气的男人回了一句："说话注意点。"

另一个人要回嘴，但想想还是不回更好。蒙塔巴诺离开阳台，前往检查尸体所在的地方，其他人跟在后面。

沙子上有五六个不同的鞋印，还有两个平行的车轮印。这时，两个宇航员回到面包车里，连再见都没说就开车走了。

"他们趁我们喝咖啡的时候偷走了马，"警长说，"把它装到了手拉车上。"

"距离这里大约两英里处，蒙特雷拉附近，有大约十个棚屋住着非法移民，"法齐奥说，"今晚他们要举办盛宴，吃马肉。"

就在这时，他们看到警局的车回来了。

"我们把能找到的一切都带过来了。"加鲁佐说。

"找到些什么？"

"三根棒子、一条绳子、两个牌子的烟头 11 根和一个空的比克打火机。"加鲁佐回答道。

"我们这样做，"蒙塔巴诺说，"你，加洛，去法医室，把棒子和打火机给他们。你，加鲁佐，把绳子和烟头带到我的办公室。

咱们在局里会合。我有几个私人电话要打。"

加洛看上去一脸疑惑。

"你怎么了？"

"我应该让法医们做什么？"

"按指纹。"

加洛看起来更疑惑了。

"如果他们问我是关于什么的，我应该说什么？说我们正在调查杀马案吗？他们一定会把我踢出来的！"

"告诉他们发生了斗殴，有许多人受伤了，我们正在查谁是行凶者。"

※

他独自一人走进屋子，脱下鞋袜，卷起裤腿，然后回到海滩上。

他根本不相信这些移民会为了吃马肉而偷马。他和法齐奥在厨房里喝咖啡聊天用了多长时间？最多半小时。

所以，在半小时内，这些移民要找到马，跑两英里，再回到棚户，弄一辆手推车，回到海滩，把马装在手推车上，再把它推走？这不可能。

除非他们在黎明时分，蒙塔巴诺打开窗户之前已发现尸体，推着车回来时看到蒙塔巴诺在马旁边站着，于是躲在一旁，等待时机到来。

距离海滩大约五十码处，车轮印转向内陆，在那里有一条充满裂缝的混凝土滨海大街，警长第一次搬到马里内拉时，这儿就是这个样子。通过滨海大街进入省道既方便又快捷。

等一下，他自言自语道。咱们得思考一下。

是的，移民可以在省道上推手推车，这比在沙滩上推车更容易也更快。但是，让所有过往车辆都看到他们，这样好吗？如果这些车辆中有一辆就是警方或宪兵的怎么办？

他们一定会被叫停，回答很多问题，很可能会被遣返回国。

不，他们不会那么蠢。

所以？

还有别的可能。也就是说，偷马的人并不是非法的，而是合法的，也就是说有些杀马者来自维加塔或者是周边地区。

那么，他们为什么要这样做呢？为了杀马，之后再扔掉它？

也许案情是这样的：马逃跑了，有人追它，把它干掉，但他不得不停下来，因为海滩上有人，甚至早晨出海的渔夫都可能会成为危险的目击证人，所以他回去通知老板。老板下令必须把尸体弄回来，他准备拿手推车解决。不幸的是，蒙塔巴诺起床了，阻碍了老板的计划。

偷死马的人就是杀马的人。是的，杀马案一定是这样的。而且，在省道的一侧，即与滨海大街相邻的地方，肯定有一辆面包车或卡车准备好了装马和手推车。不，非法移民做不了这些。

2

加鲁佐在警长的桌子上放了一个大塑料袋，里面装着绳子，大塑料袋里面还套着一个小袋子，里面装着烟头。

"你不是说这些烟头是两个牌子的吗？"

"是的，警长。万宝路和菲利普·莫里斯，这两个牌子的烟都是双重过滤的。"

他本来指望是两个罕见的牌子，罕见到维加塔吸这种烟的人不超过五个。可事实上，它们很常见。

"拿着，"蒙塔巴诺对法齐奥说："好好保管。说不定以后会用得着。"

"但愿如此。"法齐奥说，但并不是很信服的样子。

此刻，好像有一个重磅炸弹在门后爆炸，把门整个撞得贴在了墙上。原来是坎塔雷拉。他正趴在地板上，手里握着两个信封。

"我送信来的，"坎塔雷拉说，"但我滑倒了。"

办公室的三个人吓坏了，准备调整下心情。他们看着对方，立即就明白了。他们只有两个选择，要么把坎塔雷拉打一顿，要么当作什么也没有发生。他们选了第二个，什么也没说。

"很抱歉，我想重申一下，我认为找出马主绝非易事。"法齐奥说。

"我们起码得照几张相片。"加鲁佐说。

"马是不是也需要登记，就像机动车一样？"蒙塔巴诺问道。

"不知道，"法齐奥说，"不管有没有，我们现在连马是什么样子的都不知道。"

"什么意思？"

"我是说，我们不知道它是哪一种马。是驮马、种马、表演用马还是比赛用马？"

"马都被绑上了。"坎塔雷拉低声说。他手里握着信封，一直站在门外，因为警长一直没说让他进来。

蒙塔巴诺、法齐奥和加鲁佐目瞪口呆地看着他。

"你说什么？"蒙塔巴诺问道。

"我？我没说什么！"坎塔雷拉说道。他害怕了，因为他担心自己说错了话。

"你确实说了，你刚刚说了一些话！你说马都怎么了？"

"我说马都被绑上了，警长。"坎塔雷拉看上去很困惑，"他们已经把它给绑上了，也许用的是绑带。"

"好吧，放下信件，离开这里。"

坎塔雷拉看上去很羞愧，他把信件放在桌子上，眼睛盯着地下看。在路过门口时，差点和米米·奥杰洛撞上。此时，米米·奥杰洛刚好冲过来。

"抱歉，我来晚了，我要帮助一些孩子们，他们……"

"我原谅你了！"

"这些物件是什么？"米米·奥杰洛看到桌子上的绳子和烟头，问道。

"有一匹马被棍棒打死了。"蒙塔巴诺说道。

他把马的故事从头讲了一遍。

"你懂马吗？"蒙塔巴诺讲完后问道。

米米·奥杰洛笑了笑。

"这么跟你说吧，马一盯着我，我就浑身发毛。"

"局里有没有人对马有点了解？"

"我真的觉得没人了解。"法齐奥说。

"那先不谈这个了，波比·里佐那边怎么样了？"

这个任务一直都是米米·奥杰洛在跟，有人怀疑波比·里佐是省内所有外国小贩的总批发商，给他们提供各种假冒产品，从劳力士到鳄鱼牌衬衫，再到CD、DVD，世界上有的他这都有。米米·奥杰洛找到了假货仓库，前天还成功地从警长那里获得了搜查证。一听到这个问题，米米·奥杰洛就哈哈大笑起来。

"除了水槽，里面什么都有，萨尔沃！那儿的品牌衬衫看起来就像是真的一样，我的心啊……"

"先等等！"警长下令道。大家都一脸困惑地看着他。

"坎塔雷拉！"警长的喊声如此响亮，以至于法齐奥收集的物证都从桌子上掉下来了。

坎塔雷拉跑着来到这儿，差点儿在门口再次滑倒，好在他抓住了门框，这次没有摔倒。"坎塔雷拉，认真听。"

"遵命，警长。"

"你说马被绑，意思是绑马的人是马的主人吗？"

"是的，警长，我就是这个意思。"

这就是为什么杀手一定要找到尸体的原因！

"谢谢，你现在可以走了。"然后，转过身对其他人说："明白了吗？"

"没有。"奥杰洛说。

"坎塔雷拉已经用他自己的方式提醒我们，马身上通常都烙着马主或马厩的首字母缩写。马肯定是向有烙印的那一侧倒下去的，这就是我没看到烙印的原因。当然，说实话，我当时也没想着去找。"

法齐奥微微陷入沉思。

"我现在开始认为，也许这些非法移民……"

"与这事没有任何关系。"蒙塔巴诺替他把话说完了。

"今天上午你离开后，我想通了这一点。从手推车的轨迹来看，不是朝棚屋方向去的；在大约五十码处，他们转向省道，那儿肯定有一辆卡车在等着他们。"

"从我收集到的证据来看，"米米插了一句嘴，"他们似乎销毁了我们唯一的线索。"

"所以我才说想确认马主身份绝非易事。"法齐奥总结道。

"这就不好了。"米米说。

蒙塔巴诺注意到，最近一段时间法齐奥似乎有些缺乏信心，感觉做事越来越难。也许长年累月做这样的事也给他带来了压力。

但他们错了，大错特错，确认马的主人并不难。

※

在中午吃饭时，警长去了恩佐餐厅，但菜没吃多少。他始终忘不了马被打死、尸体躺在海滩上的情景。他突然想起一个问题，连自己都感到惊讶。

吃马肉是什么感觉？我从来没吃过，他们说有种甜味。

因为吃得很少，所以他觉得没必要像平时一样沿着码头散步了。

回到办公室时，他发现了一些需要他签字的文件。

※

下午四点钟，电话响了。

"警长，有个叫埃丝特的女士找你。"

"她有没有跟你说她的全名？"

"说了，警长，她的全名就是刚说的那个。"

"那么她是埃丝特小姐还是埃丝特夫人？"

"警长，准确来说，她的姓是曼。"

埃丝特·曼。他从来没听说过这个人。

"她告诉你有什么事了吗？"

"什么也没有，警长。"

"好吧，让法齐奥或奥杰洛接电话。"

"他们不在，警长。"

"好吧，让她进来吧。"

"我是埃丝特曼，拉凯莱·埃丝特曼。"一个身穿运动外套和牛仔裤的女人说道。她看起来四十多岁，个子高高的，一头金发披肩，蓝眼睛，大长腿，身体结实得像运动员一样。总之，她

17

简直就是大众印象中的女武神。

"请随意啊，夫人。"

她坐下来，两腿交叉，这使她的两腿看上去更长了。

"我能为你做什么？"他问。

"我要报告，有一匹马失踪了。"蒙塔巴诺惊了一下，但通过假装咳嗽来掩盖这一动作。

"可以看出来，你吸烟。"拉凯莱说道，她的手指向办公桌上的烟灰缸和香烟。

"是的，但我认为我咳嗽与吸烟没什么关系。"

"我不是说你的咳嗽怎么听起来像是装出来的，我想说的是，因为你抽烟，所以我也可以抽烟。"

她从包中拿出一包烟。

"实际上……"

"你是说这儿禁止吸烟吗？你敢违反规定吗？只要吸一会儿就好，之后咱们可以打开窗户。"

她站起来去关门，门刚才一直开着。关上门后，她坐了下来，唇间叼着一根香烟，靠近警长，让他把烟点着。

"那你说吧！"她一边让烟从鼻子里冒出来，一边说道。

"对不起，我以为你来这里有话要说……"

"开始时是这样，但你听了我的话后，反应过度。所以，你已经知道马失踪的消息了，对吗？"

她就像那位明察秋毫的希腊女神，他觉得还是和盘托出比较好。

"是的，您说对了，但我们可以按程序来吗？"

"可以，来吧。"

"你住这里吗？"

"我在蒙特鲁萨待了三天，一直住朋友家。"

"如果你住在蒙特鲁萨，即使是暂居，根据法律，你也应该将报告上交到……"

"但马已经由维加塔的人照顾了。"

"交给谁了？"

"赛维里奥·罗·杜卡。"

我的天！赛维里奥·罗·杜卡很有可能是西西里最富有的人之一，他在维加塔有一个马场。他有四五匹宝马，只是养着玩儿，从来不让它们参加表演或比赛。每隔一段时间，他会来城里，和它们待一整天。他有许多有权有势的朋友。跟他打交道总是很棘手，因为不知道哪一句话说错了，就可能带来一堆麻烦。

"我就直说了吧。你是带着马来到蒙特鲁萨的吗？"

拉凯莱·埃丝特曼一脸迷惑，"当然！这是必须的。"

"为什么？"

"因为后天，一场女子赛马将在菲亚卡举行。比赛是皮斯柯波·迪·圣·米利泰洛男爵组织的，两年一次。"

"哦，是这样。"警长从来没听说过这个比赛，他继续问："那你什么时候意识到那匹马被偷了？"

"我？我什么也没有意识到。我今天凌晨在蒙特鲁萨接到了一个电话，是基基马场的首席助手打来的。"

"我觉得不是……"

"对不起。基基就是赛维里奥·罗·杜卡。"

"但是如果早上别人跟你说的第一件事就是失踪……"

"为什么我等这么久才报告呢？"

她很聪明，但她说这句话的方式让他很生气。

"因为我的栗色马……"

"你的什么？这是马的名字吗？就像于连·索雷尔（译者注：于连是小说《红与黑》主角，索雷尔原文为 Sorel，与"栗色马"一词，即 sorel 谐音）？"

她笑得前仰后合，问道："你是真的对马一窍不通，对吧？"

"嗯……"

"毛和鬃为浅色的马称为栗色马。我的马就是栗色马，它的名字叫'超级'，我的马确实配得上这个名字，它经常四处乱跑，逼得我们不得不去找它，所以他们就去了。但三点左右，他们给我打电话说没找到。于是，我得出结论，它不是跑丢了。"

"我明白了。你当时认为，他们不可能……"

"他们会给我打电话的。"

她让他又点了一根香烟。

"结果告诉了我坏消息。"

"你为什么猜测……"

"警长，你一直都很聪明。你假借程序的名义，回避了我的问题。你在故意拖延调查，这只意味着一件事：它被绑架了吗？盗马贼会向我索要很多钱吗？"

"它值很多钱吗？"

"非常值钱，它是一匹纯种英国赛马。"

应该怎么办？最好一步步地把一切都告诉她，因为他迟早都要这样做。

"它没被绑架。"

拉凯莱·埃丝特曼僵硬地靠在椅子上，突然惊慌失色，脸色煞白。

"你怎么知道的？你跟马场上的人谈过话了吗？"

"没有。"

看着她，蒙塔巴诺觉得自己好像能猜到她在想什么。

"它……死了？"

"是的。"

女人把烟灰缸拉向自己这儿来，把香烟从嘴边拿开，并非常小心地把它弄灭。

"它是被轧死的吗？"

"不是。"

她当时肯定没有理解这个意思，因为她自言自语地重复了好几遍"不是"。然后她突然明白了。

"它是被杀死的吗？"

"是。"

她什么话也没说，只是站起来，走向窗台。她打开窗户，将胳膊肘放在窗台上，她的肩膀不住颤动。她默默地哭了。警长让她尽情释放自己的情绪，然后走向窗户，站在她旁边。他意识到她还在哭泣，于是从夹克口袋里拿出一包纸巾，递给了她。

然后，他取了一个玻璃杯，并把放在文件柜顶部瓶子里的水倒进杯子，递给她。拉凯莱把水全喝了。

"你还想要吗？"

"不了，谢谢。"

他们回到了刚才的位置。拉凯莱看上去又平静了下来，但蒙塔巴诺开始担心起那些迟早要面对的问题，比如：它是怎么被杀死的？

现在，他有一个难题。要继续这样一问一答吗？与其这样，还不如把从他打开卧室窗户的那一刻起发生的整个故事都一五一十地和她说了呢！

"请听我说。"他开始说。

"不。"拉凯莱说。

"你不听我说吗？"

"不听，我已经明白了。你知道你在出汗吗？"

他没有注意到自己出汗了。也许这个女人应该从事警方工作，因为她观察力极强，没有错过任何一个细节。

"所以呢？这意味着什么吗？"

"这意味着，他们一定用一种非常卑鄙、残暴的方式把它杀死的，你很难跟我讲，对吗？"

"对。"

"我能见它吗？"

"不能。"

"为什么不能？"

"因为他们杀了它后，就把它带走了。"

"为什么？"

是啊，为了什么呢？

"呃，我们猜测他们移走了尸体……"她一定对这句话很敏感，因为她当时闭了一会儿眼睛。"以防我们看到它身上的烙印。"

"它身上没有烙印。"

"烙印能让我们找到主人。但事实证明，这个猜测是错误的，因为你最后还是来报告失踪了。"

"但是如果他们认为我会来报告，他们还有什么必要把它带走呢？我怀疑他们打算把它放在我的床上。"

蒙塔巴诺感到很困惑，这跟她的床有什么关系？

"你能解释一下吗？"

"你没有看过《教父》？他们把马头放在制片人的……"

"哦，是。"

那为什么那部电影中，他们把马头放在制片人的床上呢？后来，他记起来了。

"有没有人向你提过很过分的要求？"

她的笑容僵住了。"哦，有很多。有些我同意了，有些我拒绝了。但不管怎样，也没有必要把马杀了吧！"

"你以前遇到过类似的事吗？"

"上一次是两年前。那时，我住在罗马。"

"你结婚了吗？"

“结了，也没结。”

“你们的关系……”

“我和丈夫的关系很好。跟兄弟一样，可以用这个词来形容吧！而且，无论如何，我认为对詹弗兰科来说，杀马比自杀都难。”

“你觉得有什么人可能对你做这样的事吗？”

“我唯一能想到的就是他们不想让我参加明天的比赛，因为如果我在，我一定会赢。但把马杀了似乎有点过分了。”

她站起来。蒙塔巴诺也站起来了。

“谢谢你这么客气。”她说。

“你不去提交报告吗？”

“现在它已经死了，报告也无济于事了。”

“你要回罗马吗？”

“不，无论如何，后天我会去菲亚卡，我已经决定在那儿再住几天。希望你能随时通知我，尤其是你有什么重大发现时，这样我会很高兴的。”

“我也是这样想的。我在哪里可以找到你？”

“我告诉你我的手机号吧。”

警长把她的电话号码写在一张纸上，然后放进了夹克口袋里。

“不管发生什么，”女人继续说，“你都可以随时打我朋友家的电话，我住她家。”

“她电话号码是多少？”

“我想你已经知道她的电话号码了。她是英格丽·斯特洛姆。”

3

　　"所以，就这样，拉凯莱·埃丝特曼把我们那些美好的假设全都否决了。"蒙塔巴诺在开会时总结道。

　　"问题倒是一个都没解决。"奥杰洛说。

　　"首先，他们为什么绑架并杀死一个外地人的马呢？"法齐奥问。

　　"嗯，"警长插嘴道，"可能他们与她没有深仇大恨，但赛维里奥·罗·杜卡就不一样了。"

　　"但是，那时他们本可以抓住并杀死他的一匹马，但他们没有这样做。"米米反驳道。

　　"也许他们不知道马不是罗·杜卡的，或者正因为马不是罗·杜卡的，他们才要这样做。"

　　"我不明白。"奥杰洛说。

　　"我说有人想要害罗·杜卡，破坏他的形象。如果他们杀了他的一匹马，这个消息可能不会传到省外，但是，如果他们杀死他社交圈里一位女性的马，而且这匹马由他照顾，那么，当那个女人回罗马时，她会告诉每个人发生了什么，这将极大损害他的名誉。我们都知道，罗·杜卡四处吹嘘谁都不敢招惹他，每个人都很尊敬他，包括黑手党。你懂了吗？”

“懂了。”米米说。

“你的论点听起来够合理了。”法齐奥承认道。

“但对我来说，这有点太绕了。”

“可能吧。”蒙塔巴诺承认道。

“嗯，第二，他们为什么冒着这么大的风险回来处理尸体呢？”

“到目前为止，我们所有的想法都被推翻了。而且，说实话，目前我想不出任何其他假设。”米米说。

“你呢，法齐奥？有什么想法吗？”

“没有。”法齐奥沮丧地说。

“那么，我们就讨论到这儿吧，”蒙塔巴诺说：“只要有人想到其他好的假设……”

“等一下！”米米插嘴道。

“埃丝特曼夫人报告马被杀有其他的原因。而且，她认为杀马毫无意义。所以，我想知道的是，我们下一步做什么？”

“我们下一步要做一件事，米米，但在告诉你之前，首先我要问你一个问题，你认为这种事情会产生严重的后果吗？”

“嗯，会的。”

“好的，那么我们下一步行动就是，不择手段地阻止任何可能发生的事情，但由谁做，怎样做，在什么时候、什么地点发生，我们都不知道。要是你觉得这里面的未知因素太多，想要退出，现在就跟我说，我不会阻拦。”

“实际上，我认为未知的东西才有意思。”

"我很高兴你也加入了我们，米米。法齐奥，你知道罗·杜卡把他的马养在哪儿了吗？"

"知道，警长。在蒙塞拉托，靠近咖伦巴村。"

"你去过那里吗？"

"没有。"

"然后，我希望你明天一早去那里看看，了解谁在那里工作。一人或多人破门而入，并把马偷走容易吗？或者，他们有必要在里面安插同谋吗？谁在那儿过夜？只有马夫吗？总而言之，努力寻找突破口。"

"那我呢？"奥杰洛问。

"你知道米基利诺·普雷斯蒂亚是谁吗？"

"不知道。他是谁？"

"以前是一个又笨又傻的会计，他是秘密马赛组织者的代表。找法齐奥了解目前已知的情况，然后独立行动。"

"好吧，但你能告诉我秘密赛马与此案有什么关系吗？"

"我不知道是否有关，把各个细节都注意到就好了。"

"我可以说点想法吗，警长？"法齐奥插话道。

"说吧。"

"如果奥杰洛和我换换任务，是不是会更好呢？因为，你看，我知道一些与普雷斯蒂亚比较亲近的人，他们……"

"你觉得呢，米米？"

"我没意见，萨尔沃。"奥杰洛说。

"那好吧，我祝你们两个共同度过一个非常愉快的夜晚……"

"等一下，"米米说，"很抱歉，扫了大家的兴致，我想说说我的想法。"

"说吧。"

"我们可能犯了一个错误，我们太相信埃丝特曼夫人了。"

"什么意思？"

"萨尔沃，她来这里，告诉我们，世界上任何人都没有理由杀死她的马等等，她说了这些，我们就像小孩子一样信以为真。我们怎么知道这是不是真的？"

"我明白你想说什么了。你想说，我们不妨多了解一下这位漂亮的拉凯莱夫人，对吧？"

"对。"

"好吧，米米。我会处理好这些事的。"

※

回家之前，他打电话给英格丽。

"你好，这是斯特洛姆家吗？"

"您打错电话了。"

英格丽到底是在哪里找到这些管家的？他看着这个号码，感觉曾经拨过这个号码。对，他确实曾拨过。

也许他不应该说英格丽的婚前姓氏。管家大概不知道。可她的夫姓是什么来着？他不记得了，于是他又拨了一遍。

"你好？我想和英格丽夫人通话。"

"夫人不在。"

"请问她何时回来？"

"不清楚。"

他挂断了。他拨了她的手机号码。

电话中传来："此号码……"

他诅咒着，放下了电话。

※

刚把钥匙插进锁眼，电话就响了。他打开门，跑去接电话。

"你找我吗？"

是英格丽打来的。

"是，我想……"

"你只在有事时才给我打电话。你从来不约我出去吃烛光晚餐！我这样说你别在意，我只是想跟你出去玩玩。"

"你知道的，事情不是这样的。"

"真是可惜了，就是我说的这样。这次你需要什么？安慰？帮助？当你的同伙？"

"什么也不是。我想让你跟我讲讲你的朋友拉凯莱。她和你在一起吗？"

"不，她今晚在菲亚卡和马赛组织者们一起用餐，我不去。你看上她了？"

"这不是私人问题。"

"我……我……咱们怎么突然变得这么客气了！好吧，你知道的，当拉凯莱回来时，她只谈了你，除此之外，什么也没说。她说你是多么亲切，多么善解人意，多么友好，甚至多么帅气，我都觉得有点言过其实了……你希望咱们什么时候聚一下？"

"随你吧。"

"我去马里内拉怎么样？"

"现在？"

"对啊！阿德莉娜给你做了什么吃的？"

"我还没有看。"

"去看看，然后在阳台上摆好餐桌。我饿极了，半小时后到。"

※

碗里的茄丁酱都溢出来了，一份洋葱酱里面放了六条鱼，两个人根本就吃不完。他还拿了葡萄酒。他在外面摆好餐桌。外面很冷，但没有风。以防万一，他走进屋看了看威士忌酒还有多少。酒瓶里的酒大概只有两个手指那样深。和英格丽共进晚餐不喝得酩酊大醉是不可能的。他丢下一切，上了车。

在马里内拉酒吧，他以正常四倍的价格买了两瓶酒。当他转向回家的小路时，看到了英格丽的大马力红色小轿车，但她不在车里。他呼唤她的名字，但没人答应。他觉得她可能去海滩了，他在房子周围转了转，穿过走廊走进屋去。

他打开门，但英格丽没有迎接他。他喊她出来。

"我在这儿呢！"他感觉到她的声音从卧室传来。

他把瓶子放在桌子上，走进卧室，看见她正从床下爬出来。

"你在干什么？"他疑惑地问道。

"我要藏起来。"

"你想玩捉迷藏吗？"

那时，他才注意到英格丽面色苍白，她的手有一点颤抖。

"到底发生了什么？"

"我到这里后就按门铃，里面没有任何动静，所以我决定直接进来。但是，我刚转过墙角，就看到两个男的从房子里出来走了，我很担心，就来到里面，想着……后来，我想这些人可能还会回来，所以我就藏起来了。你有威士忌吗？"

"要多少有多少。"

他们来到客厅，他打开一瓶酒，给她倒了半杯。她一口气喝完了。

"好多了。"

"你仔细看过他们吗？"

"没，我只瞥了一眼，就立马离开了。"

"他们有武器吗？"

"很难说。"

"来。"

他把她带到走廊上。

※

"他们走的哪条路？"

英格丽看起来一脸疑惑。

"我不知道。几分钟后，我探出头往外看，他们已经走得没影儿了。"

"奇怪。当时还有一些月光呢，怎么着也能看到两个黑影儿动吧。"

"没有，什么也没看到。"

那么，这是否意味着他们藏在附近某个地方，等着他回来？

"在这儿等一分钟。"他对英格丽说。

"不要，我要和你一起去。"

蒙塔巴诺走出门，英格丽几乎粘在他背后，他打开车门，从工具箱拿出手枪，放进口袋。

"你的车锁上了吗？"他问。

"没有。"

"锁上。"

"你去。"她说道，并递给他钥匙。

"但是先检查一下，确保里面没人。"

蒙塔巴诺看了看车里，锁上车，然后他们回到屋子里。

"你刚才真的被吓到了。我从来没见过你……"

"你知道的，当那两个人离开时，我走进去给你打电话，你没接，我还以为他们……"

她停下来，搂住他，亲吻他的嘴。

蒙塔巴诺也亲着她，他意识到今晚有危险，于是温柔地拍了拍她的肩膀。

她了解到了情况，于是不再亲他了。

"你觉得他们是谁？"她问。

"我也不太清楚。也许是两个笨贼，他们看到我走出来，就……"

"哦，别说废话了，你自己都不信！"

"我向你保证……"

"这些笨贼怎么知道房子里没有别人？他们怎么什么也不偷？"

"你没给他们留够时间。"

"但他们从来没见过我啊！"

"是的，但他们看到你按门铃，并给我打了电话……好了，我们走吧，阿德莉娜给我们做了好吃的……"

"我害怕在阳台上吃。"

"为什么？"

"因为很容易被盯上。"

"得了吧，英格丽……"

"那你为什么要拿枪？"

她说的也有道理，但他拿上枪只是想让她冷静下来。

"听着，英格丽，我在马里内拉已经住了很多年了，从来没人敢到我家里偷东西。"

"不是没有，时候未到。"

他回味了一下，她说得确实有道理。

"你想在哪儿吃？"

"在厨房。把菜都拿上，然后关上落地玻璃门，虽然我早没胃口了，但还是得吃点儿。"

※

她喝了两杯威士忌酒后，又有胃口了。

他们把茄丁酱摆好，一人分了三条鲻鱼。

"什么时候开始盘问啊？"英格丽问。

"在厨房吗？咱们进客厅吧，坐在沙发上放松些。"

他们拿着一瓶刚刚打开的葡萄酒和半瓶威士忌，坐到沙发上，英格丽站起来，拉过来一把椅子，把腿放在上面。蒙塔巴诺点了一根香烟。

"好了。"英格丽说。

"关于你的朋友，我想知道的是……"

"为什么想知道呢？"

"为什么我想知道？因为我对她一点儿也不了解。"

"那么，如果你对这个女人不感兴趣，你为什么想更多地了解她呢？"

"我纯粹是作为警长对她感兴趣。"

"她做了什么？"

"她什么也没做。但是，你可能知道，她的马被杀了，而且很残忍。"

"怎样杀的？"

"用铁棒砸死的，但不要告诉任何人，连你的朋友也不要。"

"好，我不会告诉任何人的，那你是怎么发现的？"

"我亲眼看到的。马是来这里后死的，就在阳台外面。"

"真的吗？跟我讲讲吧。"

"没什么可说的。我醒来，打开窗户，就看到它躺在那里。"

"好吧，但为什么你想了解拉凯莱呢？"

"因为你的朋友称她没有任何仇人，按照逻辑，我觉得杀马是为了报复罗·杜卡。"

"所以呢？"

"我得知道这是不是真的。你认识她多久了？"

"六年。"

"你们怎么见面的？"

英格丽开始笑了起来。

"你真的想知道？"

"是的。"

"我们是在巴勒莫的拉赫酒店认识的。当时是下午五点，我和一个叫沃尔特的人躺在床上，我们忘了锁门。当时，她就像女瘟神一样大发神经。我不知道沃尔特还有一个女人。他慌慌张张地穿上衣服跑路了，而我坐在床上吓得不轻。这时，她向我扑过来，想要掐死我。幸运的是，两个路过的房客救了我。"

"你们是怎么不打不成交的呢？"

"那天晚上，我一个人在酒店餐厅吃饭。她走进来，坐在我的桌子旁，向我道歉。我们聊了一会儿，我们一致认为沃尔特是个混蛋、懦夫，我们对彼此都有好感，于是就成了朋友。就是这样。"

"她来蒙特鲁萨见过你吗？"

"见过，而且不仅仅是为了菲亚卡的马赛。"

"你把她介绍给很多人吗？"

"我把她介绍给了我所有的朋友，她自己也结交了一些别的朋友。她在菲亚卡的朋友们，我都不认识。"

"她有什么绯闻吗？"

"没有，她跟我任何一个朋友都没有传出绯闻过，但我不知道她在菲亚卡做什么。"

"她不和你谈这方面的事吗?"

"她曾经隐约提到过一个叫圭多的人。"

"她和他同居吗?"

"不好说。她说圭多是个经常对女人献殷勤的裙下之臣。"

"但你的男性朋友当中,就没有一个在她这儿碰碰运气的吗?"

"到现在为止,几乎所有人都做过。"

"在这些人中,谁最执着?"

"嗯,马里奥·贾科。"

"有没有可能是你不知道……"

"不知道拉凯莱一直与他在一起?这有可能,虽然我不……"

"那有没有可能贾科被她拒绝了,他要报复,所以杀了这匹马?"

英格丽没有犹豫。

"我敢保证,这个猜想是错误的。马里奥是一名工程师,去年他一直待在埃及,他在一家石油公司工作。"

"我知道这个猜想不怎么样,那她和罗·杜卡有什么关系呢?"

"我不知道他们关系怎样。"

"但如果她愿意让他帮忙照顾马,那两人一定是朋友。你知道罗·杜卡这个人吗?"

"知道,但我觉得他很难相处。"

"拉凯莱曾经和你谈过他吗?"

"谈过几次，每次都是漫不经心的那种，可以这样说吧。我认为他们之间没什么，除非拉凯莱不想告诉我他们的关系。"

"她以前对你有过秘密吗？"

"嗯，基于你的猜想……"

"罗·杜卡现在在蒙特鲁萨吗？"

"他得知马的消息后，今天刚到的。"

"埃丝特曼是她婚前的姓氏吗？"

"不，这是她丈夫詹弗兰科的。她的娘家姓是安塞尔米·戴尔·博斯克，她是个贵族。"

"她告诉我她与她丈夫的关系'跟兄弟一样'，那她为什么不离婚呢？"

"离婚？你在开玩笑吗？詹弗兰科信天主教，他去参加弥撒，他去忏悔，他在梵蒂冈身居要职……他永远也不会离婚的，我甚至认为他们没有真正分居过。"

她又笑了，但并不是很开心的那种笑。

"基本上，她和我的情况一样……听着，我要去小便了，在我离开的时候，你应该再开一瓶威士忌。"

她站起来，身体东倒西歪。恢复平衡后，她摇摇晃晃地走了。他们已经喝了一整瓶酒，都没有察觉到。

4

　　和往常一样，事情就这样结束了。

　　那个夜晚，他们喝了很多酒，第二瓶威士忌里只剩四个手指深了，除了拉凯莱·埃丝特曼之外，他们还谈了很多。英格丽说她困了，要立马上床睡觉。

　　"我会开车把你送到蒙特鲁萨的，你喝酒了不能开车。"

　　"我想你也不适合开车。"

　　事实上，警长的头有点歪。

　　"英格丽，我洗洗脸就好了，我准备好了。"

　　"我，其实，更想去洗个澡，然后爬到床上。"

　　"上我的床？"

　　"还有其他的床吗？我会很快的。"她继续说着，吐字不清。

　　"听着，英格丽，不行……"

　　"好了，萨尔沃。你怎么了？这又不是第一次了。无论如何，你知道我多么想老老实实地睡在你身旁。"

　　老老实实，哈哈！只有他自己知道，为了这"老老实实"，他要付出多大的代价：晚上不能睡个好觉，半夜起床冲冷水澡……

　　"英格丽，我不是圣人！"

"这正是我期望的。"她笑着说道，从沙发上爬了起来。

※

第二天早上，他醒得很晚，头有点痛。他昨天喝得太多了。他的床单和枕头上都是英格丽的香水味。他扫了一眼手表，差不多九点三十。也许英格丽在蒙特鲁萨有事要做，就没有叫醒他，但是为什么阿德莉娜还没到呢？

然后，他想起来这是星期六，星期六，管家快到中午时才来，她要采购下周需要的东西，买完才会来。

他站起来，走进厨房，煮了一壶浓咖啡，走进餐厅，打开玻璃门，来到阳台。

今天的世界真是美丽，就像画一样。没有一丝风，一切都很平静，太阳温柔地照耀着大地，不留任何黑暗。今天连海浪也没有。

他回到屋里，立刻注意到桌子上的手枪。

奇怪，它怎么会在这儿？

然后，一下子，他想起了前一天晚上，吓坏了的英格丽告诉他的事情：他去马里内拉酒吧买威士忌时，两个男子进了他的房子。

他记得床头柜里总是放着一个信封，里面装着两三百欧元，供他一周之需。从自动取款机里取出来以后，他会把这些钱放到口袋里。他去看了一下抽屉，信封还在，钱也在。

咖啡冒了泡。他接连喝了两杯，开始环视房子四周，看看有没有丢失什么。

半小时后，他发现什么也没丢。因为，在他内心深处，一直有一个声音在告诉他有东西丢了，但他没发现丢什么。

他走进浴室，洗了澡，刮了胡子，穿好衣服。他拿上手枪，锁上房门，打开车门，上车，把手枪放到杂物箱里。他开动了发动机，坐在车里一动不动。

他一下子想起丢了什么了。他需要确认。他回到房子里，走进卧室，重新打开床头柜的抽屉。窃贼偷了他父亲的金表。他们留下了放在手表上的信封，没意识到信封里有钱。他们没偷任何别的东西，因为他们觉得英格丽回来了。

他感到很矛盾。他感到愤怒，但又释怀了。他感到愤怒，是因为他非常喜欢这块表，这是他仅有的几个纪念物之一。他感到释怀，是因为它可以证明，进入他房子的这两个人只是普通小贼，显然不知道自己进的是警长家。

当天上午没什么事情要办，于是他去书店买书。去收银机付款时，他发现自己买的书的作者都是瑞典人，如：恩奎斯特、舍瓦尔·瓦勒、曼凯尔等。这是在无意中对英格丽致敬吗？然后他想起来，自己至少需要两件新衬衫，最好再添一条内裤。于是，他去买了这些。

回办公室时已经将近中午了。

"哦，警长！警长！"

"怎么了？"

"我要给你打电话来着，警长！"

"干什么？"

"看你不在这儿，我有点儿担心，我担心你生病了。"

"我很好。有什么消息吗？"

"没有，警长。奥杰洛来过，说你在的时候，让我告诉你他来过。"

"你可以告诉他我在这儿。"

米米打着哈欠出现了。

"很困吗？你一定熬夜了，忘了应该去咖伦巴村……"

米米举起手来阻止他继续说下去，但他又打了一个哈欠，然后坐下了。

"因为昨天晚上孩子不让我们睡个好觉……"

"米米，你这个借口已经很老套了，好吗？我现在要打电话给贝巴，看看这是不是真的。"

"如果你这样做，只会自己出洋相，贝巴只会告诉你，我说的一切都是真的。如果你让我说完……"

"说。"

"我早上五点就醒了，于是去了咖伦巴村。我知道他们很早就开工了。马场很难找。我沿着去蒙特鲁萨的路到了那儿。几英里后有一个岔路口，左侧是一条土路，右侧是通向马场的私人车道，马场全部用栅栏围着。门上有一个障碍物，旁边有一个带按钮的杆子，我当时想进去。"

"这不好。"

"事实上，我按了按钮。几分钟后，一个男人从木棚子里走出来，问我是谁。"

"那你怎么说的？"

"从他的言谈举止来看，他简直是个穴居人。我觉得没必要和他说话，我就说我是警察，用一种发令的口吻说的。他立马赶我走。"

"这样做是不对的。我们无权……"

"好了，好了，那个家伙什么也没问我！他甚至连我的名字也没问！"

"他准备回答我所有问题，因为他觉得我来自蒙特鲁萨中心警局。"

"但是如果埃丝特曼永远也不报告马失窃这件事，怎么……"

"等等，我知道怎么办了，我们知道整个案件的一半就行。显然，罗·杜卡自己向蒙特鲁萨中心警局报告了这个案件。情况很复杂。"

"为什么要向蒙特鲁萨中心警局报告？"

"因为马场有一半归我们管，另一半归蒙特鲁萨管。"

"这是怎么一回事？"

"等一下。首先，我要向你讲讲马场的布局。过了障碍物后，左边是两个木棚，一个大，一个小，还有一个谷仓。第一个屋子是守卫的房子，他日日夜夜住在那里。第二个屋子用来储藏马具、马饰以及其他一切养马要用的东西。右边是十个马厩，排成一排，马匹都养在这里。马厩最后面是一个超级大的骑马场。"

"马一直都养在那里吗？"

"不，它们要去马斯库扎草地吃草。那片草地是罗·杜卡的。"

"但你发现什么了吗？"

"有！这个穴居人。他叫什么名字来着……等一下。"

他从夹克口袋里抽出一张纸，戴上眼镜。

蒙塔巴诺愣住了。

"米米！"

这听起来更像是一个尖叫声。奥杰洛惊呆了，他盯着警长看。

"这是什么？"

"你……你……"

"哦，我的天啊！我做了什么？"

"你现在戴着眼镜？！"

"嗯，是的。"

"从什么时候开始的？"

"我昨天晚上才拿出来，今天第一次戴。如果你看着不顺眼，我可以把它摘掉。"

"天啊，你戴眼镜真奇怪，米米！"

"管他呢，我得戴一副眼镜。要我说，你也该去测测视力了。"

"我看东西很清楚！"

"这只是你自己的想法。我注意到，你有时看东西会把胳膊撑住。"

"所以呢？这怎么了？"

"这意味着你是老花眼！不要耷拉着脸！该戴就戴，又不是世界末日！"

也许不是世界末日，但绝对是壮年的末日。戴着眼镜阅读意味着主动服老。"那么，这个穴居人的名字是什么？"他粗鲁地问。

"福尔如扎，安东尼奥·福尔如扎。他是马场的管理员，现在顶门卫伊波利托·瓦里奥的班。"

"门卫在哪里？"

"在医院。"

"你是说，马被绑架的那个晚上，福尔如扎值班？"

"不，是伊波利托。"

"所以，他姓瓦里奥？"

警长走神了。他的视线无法从戴眼镜的奥杰洛身上移开。

"不，瓦里奥是他的名字。"

"我完全没听懂你说的话。"

"萨尔沃，如果你老是打断我，我也会听不懂的。那么，接下来呢？"

"好吧，好吧。"

"所以，那天晚上，两点左右，伊波利托被门铃声吵醒了。"

"他一个人住吗？"

"哎呀，真是个讨厌的家伙！你能让我说句话吗？是的，他一个人住。"

"对不起，但你不觉得一个更轻的眼镜框更适合你吗？"

"贝巴喜欢这个。我可以继续吗？"

"好，可以。"

伊波利托起床，他觉得罗·杜卡旅行回来了，罗·杜卡回来是因为他急着看看自己的马。这种情况挺常见的。伊波利托拿起手电筒，向门口走去。记住，这是一个非常漆黑的夜晚。当他靠近想要进来的那个男人时，他发现这个人不是罗·杜卡。他问这个人想要什么，这个人拿枪指向他。伊波利托被迫用钥匙开了门。然后，那人拿了钥匙，用枪砸伊波利托的后脑勺，把他打晕了。

"所以，门卫什么也看不到了。听我说，你是看我的眼镜有多不顺眼，老想让我换？"米米生气地站了起来。

"你要去哪里？"

"我要离开了，等到你不再盯着我的眼镜看时，我再回来。"

"好了，坐下。我发誓我再也不问眼镜的事了。"

米米坐了下来。

"说到哪儿了？"

"所以，门卫从未见过之前袭击他的那个人？"

"从来没见过。无论如何，总而言之，伊波利托是由福尔如扎和另外两个马夫发现的，当时，伊波利托被绑在屋子里，嘴被堵住了，被打成了严重脑震荡。"

"所以不可能是伊波利托给埃丝特曼夫人打电话告诉她失窃的事？"

"嗯，确实。"

"也许是福尔如扎。"

"福尔如扎？不可能。"

"那么，是谁呢？"

"你认为这有那么重要吗？我可以继续吗？"

"对不起。"

"所以，福尔如扎和另外两个人立马就注意到两个马厩的门开了，两匹马被偷走了？"

"两匹？"蒙塔巴诺惊讶地说道。

"对，两匹。一匹是拉凯莱·埃丝特曼的，另一匹是杜卡的，这两匹马长得很像。"

"你相信吗？他们当时一定这样想的：面对两匹相同的马，他们分辨不出来，所以权衡一番后决定都偷走，信不信？"

"我也这样问皮尼亚塔罗来着，他……"

"谁是皮尼亚塔罗？"

"两个马夫之一。这两个人是马泰奥·皮尼亚塔罗和菲利普·赛尔基亚。皮尼亚塔罗坚持认为，这五六个偷马的人中，至少有一个人对马深有了解。你想想，他们能够从马棚里把和那两匹马配套的所有马具拿出来，包括马鞍，那就说明他们很容易分辨出这两匹马。在这种情况下，他们还是把这两匹马都带走了，这一定有自己的目的。"

"他们怎样把马带走的？"

"用一辆装备良好的卡车。你看，卡车的车胎印儿到处都是。"

"谁通知了罗·杜卡？"

"皮尼亚塔罗。他也为伊波利托叫了救护车。"

"所以，可能是罗·杜卡让罗皮尼亚塔罗告知埃丝特曼的。"

"看上去你坚持认为是罗·杜卡让皮尼亚塔罗告知埃丝特曼的，可以告诉我原因吗？"

"嗯，实际上我不知道。还有别的要问的吗？"

"没了。对你来说，这些还不够吗？"

"谢谢你，大师，感谢你这么宽宏大量，你这么完美，对我一个劲儿地夸奖，你让谦卑的我真的好感动。"

"继续保持，米米。"

"那么，我们应该怎么接洽？"

"和谁接洽？"

"萨尔沃，这里不是维加塔独立共和国，我们的上峰是蒙特鲁萨的局长，你忘了吗？"

"所以呢？"

"蒙特鲁萨那边正在调查这个案子，及时告知他们埃丝特曼夫人的马究竟是如何在这儿被杀死的，难道不是我们的责任吗？"

"米米，你好好想想，如果我们蒙特鲁萨的同事正在开展调查，他们迟早会询问埃丝特曼夫人，对不对？"

"对。"

"埃丝特曼夫人肯定会向他们一五一十地讲述她是怎样从我这里得知她的马死亡的事情，对吗？"

"对。"

"那时，我们的同事们将问我们一连串问题，我们只要如实回答就行，对吗？"

"对，但是，所有这些正确的事情怎么会是错的呢？"

"你说的什么意思？"

"我的意思是，我们的同事们可能会问为什么我们没主动告诉他们这些。"

"哦，天啊！米米，我们没有收到任何关于这个案子的报告，他们没有对我们通报任何有关马匹被盗的消息。我们扯平了！"

"好吧。"

"回归正题，当你到了马厩时，马房里一共有多少匹马？"

"四匹。"

"所以，盗马贼去的时候，那儿有六匹。"

"对，但数有几匹马有什么用？"

"我不是单纯地在数有几匹马。我想知道为什么盗马贼来这儿，而没有偷走所有的马。"

"也许他们的卡车装不下。"

"你说这些只是为了搞笑吗？"

"你不相信吗？你知道我在说什么吧？今天我讲的够多了，再见！"

他站了起来。

"但米米，去换一副镜框吧，款式可以一样，贝巴喜欢嘛。但颜色一定要浅一些的……"

米米骂着街走了出去，砰的一声关上了门。

※

偷走这两匹马到底用意何在呢？无论从哪个角度分析，他都感觉有些地方解释不通。例如，拉凯莱·埃丝特曼的马被偷了，然后被杀，但是为什么他们不当场杀了它，而是把它一路拖到马内里拉的海滩呢？然后，另一匹马，也就是罗·杜卡的那匹马，他们也偷了，是为了杀了它吗？如果是，在哪儿杀呢？在圣托利海滩上，还是靠近马厩的某个地方？或者，如果他们杀死了一匹马，但没有杀死另外一匹马，这意味着什么呢？

电话铃响了。

"警长，斯特洛姆夫人找您。"

英格丽有什么事呢？

"电话吗？"

"是的，警长。"

"接进来吧。"

"你好，萨尔沃，对不起，今天早上我没道别就走了，因为当时我有约在身。"

"没关系的。"

"听着，拉凯莱从菲亚卡给我打电话了，她昨晚在那儿过了一夜。她已经决定骑罗·杜卡的马参加比赛了。她要花一个下午时间跟马培养培养感情。所以，她要住在菲亚卡了。她跟我说了好几次，要是你和我一块去看她比赛，她会非常开心。"

"不管发生什么，你都会去吗？如果我决定不去呢？"

"如果这样的话，我会感到很失望，但我还是会去的，拉凯莱每次赛马我都会去的。"

他仔细想了想。显然，这个小聚会让他的雄性荷尔蒙高度释放，但换个角度来看，这个机会也很难得，他可以借此熟悉埃丝特曼夫人的朋友，可能还有她的仇人。

"比赛什么时候？"

"明天下午五点。如果你要来，我会三点来你这儿接你。咱们吃饱后马上动身。"

"为什么？开车去菲亚卡要用两个小时吗？"

“用不了，但我们应该在马赛开始前一小时到达那里，如果我们在发令那一秒才到，会显得很不礼貌。”

“那好吧。”

“真的吗？看到了吧？我是对的！”

“什么？”

“你发现我的朋友拉凯莱确实很有魅力！”

“不是这个。我同意去，只是想跟你多待一会儿。”

“你比那个谁还要虚伪……”

“哦，听我说，我应该穿什么衣服呢？”

“裸体吧，你裸着更好看。”

5

今天一早大家都没见法齐奥的人影。五点时，他才拖着疲惫的身体走进来。

"有没有什么东西要给我？"

"足够多！"

"在你张嘴说话前，我想跟你说，今天一早，米米去了罗·杜卡的马厩，他发现了一些有趣的事情。"

他把奥杰洛发现的事情告诉了他。说完后，法齐奥用疑惑的眼光看着他。

"怎么了？"

"打扰一下，警长，你觉得这样会不会更好呢？也就是，如果我们把这个案子与蒙特鲁萨的同事沟通一下，然后……"

"然后把差事交给他们？"

"警长，有一匹马在马里内拉被杀，这条消息很有价值。"

"不会的。"

"那就用你自己的方法吧，但你能解释一下为什么吗？"

"如果你坚持的话，我只能说这是个人问题了。我真的被他们吓到了，他们竟然用如此残忍的手段杀害可怜的动物，他们太混蛋了！我想亲眼看看这些可恶的家伙到底长什么样儿。"

"但你可以告诉同事们，这匹马是怎么被杀害的！你要把所有血腥的细节都讲出来！"

"听别人说是一回事，亲眼所见又是另一回事。"

"警长，对不起，我不想如此坚持，但是……"

"你和奥杰洛狼狈为奸吗？"

"我，狼狈为奸？！"法齐奥说道，脸色变得苍白。

"对不起，我有点失态了。"

他真的有点生气。因为他刚刚想起了对英格丽说过的话，现在他不再想去菲亚卡参加那个小聚会了，一想到参加聚会的那群混蛋们总是围着拉凯莱转，他就十分反感。

法齐奥还是有一点生气，"警长，有一些话，你不该对我说。"

"我再说一遍对不起。行了吗？"

法齐奥从夹克口袋里掏出一张纸，警长觉得他要讲述米基利诺·普雷斯蒂亚和他同事们的所有个人信息。有人收集邮票，有人收集书法，有人收集航模，还有人收集贝壳。法齐奥收集的是个人档案资料。毫无疑问，他回家后就会把调查到的所有信息传到电脑上。他休假时会重温这些信息，权当娱乐。

"可以吗？"法齐奥问。

"请继续。"

有些时候，如果他大声读出笔记，警长会说"如果你再读，我就揍你"之类的话，但是，警长冒犯了他，所以现在警长必须付出代价。法齐奥笑着读了起来，矛盾就这样解开了。

"米歇尔·普雷斯蒂亚，人们一般叫他米基利诺。1953年3月23日出生于维加塔，双亲分别是朱塞佩·普雷斯蒂亚和乔凡娜·尼·拉罗萨。住在阿贝特梅利莎大街32号。1980年与格拉齐娅·斯托米罗结婚，格拉齐娅1960年9月3日出生于维加塔，双亲是格尔瓦内·斯托米罗和……"

蒙塔巴诺开始出汗了，之后他胆怯地问道："你能不能跳过这一部分？"

"这一点很重要。"

"好吧，继续。"警长就此打住。

"……和玛丽安娜·尼·托达罗。米歇尔·普雷斯蒂亚和格拉齐娅·斯托米罗生了一个男孩，叫柏德秋，十八岁时在一场摩托车事故中去世。普雷斯蒂亚在职业学校学习会计，二十岁时加入科佐和兰佩洛公司做了初级会计师。现在，该公司旗下已有三家大超市。十年后，他升职为高级会计师。2004年辞职了，无业至今。"

他小心地把纸折好，然后揣进口袋里。

"这是目前所知的所有档案资料。"他说。

"除了档案里的呢？"

"我从婚礼讲起，可以不？"

"随你吧。"

"米歇尔·普雷斯蒂亚在一次婚礼上与格拉齐娅·斯托米罗相识。从那时起，他一直都在追求她。他们一起出去约会，但从未将关系公之于众，所以外界都不知晓。直到有一天，女孩怀孕了，她不得不把事情告诉父母。此时，米基利诺向雇主请假，然后消失了。"

"他不想结婚吗？"

"对他来说，结婚这事太远了。但不到一周后，他从巴勒莫回到维加塔。之前，他一直躲在他朋友那儿，回到维加塔后，他宣布要补偿她，和她结婚。"

"为什么他改变主意了？"

"他们劝的。"

"谁呢？"

"之后我会解释的。还记得我说过格拉齐娅·斯托米罗的母亲是谁吗？"

"记得，但我不……"

"是玛丽安娜·托达罗。"

他以为他们能彼此会意，看了警长一眼，但蒙塔巴诺却让他失望了。"她是谁呢？"

"你说'她是谁'是什么意思？她是巴都乔·西纳格拉的三个侄女之一。"

"等一下！"蒙塔巴诺打断了他，"你说巴都乔是秘密马赛的后台吗？"

"警长，能不能不要一惊一乍的？我没有说过任何与秘密马赛有关的事情。我们还在说婚礼。"

"好吧，继续。"

"所以，玛丽安娜·托达罗去看望她的叔叔，跟他讲了一些她女儿的故事，还有一些其他的琐事。此时，巴都乔用了整整二十四小时把米基利诺送到巴勒莫，半夜又把他带回来，送到他的别墅。”

"绑架！"

"你可以想象巴都乔如果被控诉会多么可怕！"

"所以他威胁这个孩子了？"

"用他自己特殊的方式。把他关在一个空荡荡的房间里，两天两夜，不给吃喝。每三个小时，都会有人拿着手枪进来，看着米基利诺，并拿枪指着他，然后转过身去，一句话也不说就离开。第三天，巴都乔亲自来见他，向他道歉，说让他久等了……你知道巴都乔是什么样的人，总是面带笑容，一惊一乍的。米基利诺双膝跪地，满脸泪水，请求他允许迎娶格拉齐娅。当宝宝出生时，他们会给他取名柏德秋。"

"那之后，巴都乔·西纳格拉和普雷斯蒂亚的关系怎么样？"

"嗯，结婚一年后，巴都乔建议他离开科佐和兰佩洛公司，为他工作，但是米基利诺拒绝了。他跟巴都乔说，他担心不能胜任新工作。在此之后，巴都乔没再提这件事。"

"那之后呢？"

"嗯，在那之后……我说的是大概四年前，米基利诺染上了赌博的恶习，直到有一天，科佐和兰佩洛发现了巨额亏空。出于对巴都乔的尊敬，他们没有将普雷斯蒂亚的事向警方报告，而是强迫他辞了职，但是科佐和兰佩洛想把被盗的钱拿回来，他们给了他三个月的时间。"

"他向巴都乔要钱了吗？"

"当然要了，但巴都乔对他说：'去他妈的，我是什么人物！'"

"科佐和兰佩洛告发他了吗？"

"没有。因为三个月后，米基利诺拿着现金来找科佐和兰佩洛，一分不少地还清了这笔钱。"

"他在哪儿得到钱的？"

"从西乔·贝利维尔那儿。"

他终于听到一个认识的人了！怎么知道的呢？西乔·贝利维尔本来是"斯特里德达里"的新星，这是一个新兴黑手党，想要暗中刺杀西纳格拉和库法罗家族的人。但当时，他背叛了他们，于是跑去为库法罗家族效力，进入了核心圈子。

所以黑手党是秘密马赛的组织者。不会有别的可能。

"那么，普雷斯蒂亚转为向贝利维尔效力了吗？"

"不，那是另一回事了。有一天，贝利维尔现身了，他说自己听说普雷斯蒂亚有麻烦了，他打算……"

"但普雷斯蒂亚本不应该接受这笔钱的！拿了这笔钱就相当于宣布他要背叛巴都乔！"

"之前我不是和你说过，米基利诺·普雷斯蒂亚是个蠢货吗？无足轻重，不思进取？当巴都乔说自己不是个小人物，他已经说得很明白了。为了还这笔钱，普雷斯蒂亚要负责组织非法赛马来给贝利维尔还债。他不能拒绝，这意味着现在，他在商业上也与巴都乔作对了。"

"不知怎么地，我觉得他白长这么大了。"

"我也是，警长。对不起，我要问一下，你现在还认为马被杀害与非法赛马之间有联系吗？"

"我不知道跟你说什么，法齐奥。你什么都没看到吗？"

"当你第一次让我去看那匹死马时，如果你还能想起来的话，我是第一个提到秘密马赛的人，但现在似乎这两者之间什么联系也没有了。"

"你什么意思？"

"警长，每次咱们刚做出一个假设，它马上就被推翻了。还记得吗？有一次，你认为他们偷这位女士的马是为了报复罗·杜卡，后来，我们发现他们也偷了罗·杜卡的马。既然这样，他们还有必要偷那位女士的马吗？"

"嗯，但是马赛呢？"

"据我的发现来看，罗·杜卡与非法马赛没有任何关系。"

"你确定？"

"不是百分之百确定。虽然我不敢在这件事上下赌注，但他看起来不像是那种人。"

"永远不要被外表欺骗。例如，十年前，你认为普雷斯蒂亚能够组织好一场非法赛马吗？"

"不能。"

"那么，你为什么对我说，罗·杜卡看上去不像那种人？我跟你说点别的吧。罗·杜卡逢人就说，黑手党尊重他，至少到昨天为止，他还在四处宣扬黑手党是尊重他的。你知道他为什么这么说吗？你知道他的朋友是谁吗？谁在保护他？"

"不，警长，我不知道，但我会尽力查出来的。"

"你知道这些比赛在哪里举行吗？"

"实际上，他们是打一枪换一个地方，警长。"

"我发现有一场比赛是在帕恩塞卡别墅后面的空地上。"

"皮波·帕恩塞卡的别墅？"

"是的，警长。"

"但是，据我所知，帕恩塞卡……"

"实际上，帕恩塞卡与之无关。也许你不知道。当他必须去罗马几个星期时，门卫就把这地方租给普雷斯蒂亚一个晚上。他们付给他很多钱，这家伙就出去了，给自己买了一辆新轿车。还有一次，他们在克拉斯托山脚下办的马赛，一般一周一次。"

"等一下，他们总是在晚上租吗？"

"当然。"

"晚上他们能看见东西吗？"

"他们设备齐全。你知道他们怎样在户外拍摄电影吗？什么时候拍吗？他们总是带着发电机。这些家伙们带的发电机，可以把黑夜照亮，就像白天一样。"

"但是，他们怎么把时间和地点通知客户呢？"

"最重要的那些客户，也就是那些狂热分子，只有三四十个；其余的都是散户，来了无所谓，不来更好。人多场面不好把控，而且更危险。"

"但是他们是怎么收到通知的呢？"

"打电话，说暗语。"

"我们不能做点什么吗？"

"用我们手头上可用的东西？"

※

警长在局里又待了大概两小时，然后上了车，回到马里内拉。在阳台上摆好餐桌之前，他想先去洗澡。在饭厅里，他把口袋里的东西都掏出来，放在桌子上。他发现了那张写着拉凯莱·埃丝特曼手机号码的纸。他记得他还有一些问题想要问她。他可以明天在菲亚卡见她的时候问，但真的有可能问到吗？天知道明天她周围会围着多少人。现在打电话给她岂不是更好？现在还不到八点半，于是他决定了，这样做最好。

"喂？埃丝特曼夫人吗？"

"是的，你是哪位？"

"蒙塔巴诺警长。"

"哦，不，不要！不要告诉我你改变主意了！"

"关于什么？"

"英格丽告诉我，明天你来菲亚卡。"

"明天我会来的，夫人。"

"我真是开心极了。晚上也一定要腾出时间来哦，我搞了一顿晚餐，你是我的贵客。"

天啊！肯定不光是晚餐！"你看，实际上，明天晚上……"

"不要编傻兮兮的借口了。"

"英格丽也会去吗？"

"她不去，你就不去了吗？"

"不，是这样，她开车带我到菲亚卡，我在想，要是回去……"

59

"别担心，英格丽会去的。你为什么打电话给我？"

"为什么？"他想到了明晚的晚餐，他必须听那群人谈话，还可能会说些肮脏的话题，即使他感到很恶心，他还是要强迫自己去听。想着想着，他都忘了是自己拨的电话了。

"哦，对……对不起，我不想再继续打扰你了。如果明天你能给我五分钟……"

"明天可能会很乱，但我现在还有一点时间，一会儿我准备出去吃饭。"

与圭多吗？烛光晚餐？"夫人……"

"请叫我拉凯莱吧。"

"好吧，拉凯莱。你还记得吗？你告诉我，是马厩的门卫通知你你的马……"

"是的，我记得我说过，但我一定是搞错了。"

"为什么？"

"因为基基……对不起，罗·杜卡告诉我，那个晚上值班的门卫住院了。还有……"

"继续，拉凯莱。"

"还有，我几乎可以肯定，他自称是门卫，但当时我还在睡觉，你知道的，当时是清晨，前天晚上我还熬夜……"

"我明白，罗·杜卡告诉你他让谁给你打电话了吗？"

"罗·杜卡没有让任何人给我打电话。那样做很不礼貌。应该由他本人通知我。"

"那他有没有通知你呢？"

"当然通知了！他早上九点左右从罗马给我打来了电话。"

"你告诉他有人已经打过电话了吗？"

"是的。"

"他怎么说？"

"他说这可能是马房的人主动打过来的。"

"能再给我一分钟吗？"

"听着，我现在在浴缸里，真的很享受。现在，听到你的声音靠我的耳朵这么近……可以的。"

她，拉凯莱·埃丝特曼，撒起娇来。

"你告诉我，你下午给马厩那边打电话了……"

"你记错了，马厩那边有人打电话告诉我说，马还没找到。"

"这个人说自己是谁了吗？"

"没有。"

"和今天早上那个人的声音一样吗？"

"我觉得……一样。"

"你向罗·杜卡提及这第二通电话了吗？"

"没有。我应该说吗？"

"不，没必要。好吧，拉凯莱，我……"

"等等。"

就这样，一分钟过去了。他们没有挂断电话，因为蒙塔巴诺可以听到她的呼吸声。然后她低声说："我知道了。"

"你知道什么了？"

"你怀疑的事情。"

"也就是？"

"给我打了两次电话的人不是马厩那边的人，而是偷走并杀害我的马的凶手之一，对吗？"

精明！漂亮！聪明！

"说得对。"

"他们为什么这么做？"

"我现在还不敢确定。"

他们的对话暂停了一会儿。

"听我说，有没有罗·杜卡的马的消息？"

"线索都断了。"

"真奇怪啊！"

"嗯，拉凯莱，这就是所有我想了解的……"

"我想跟你说件事。"

"说吧。"

"你……我真的很喜欢你，我喜欢和你说话，和你在一起。"

"谢谢你。"蒙塔巴诺说，他有点困惑，不知道该再说点儿什么。

她笑了。他脑子里现在浮现的是她赤裸的身体，她躺在浴缸里，笑得前仰后合。此时，他打了一个寒战。

"我觉得明天咱们不能在一起了，我说的是就咱们两个人……虽然，也许……"

她打断了他，好像她突然想到什么东西似的。蒙塔巴诺等了一会儿，然后为了引起注意，他咳嗽了两声。

她继续说话了。

"不管怎样，我已经决定在蒙特鲁萨再待三四天。我想我已经和你提过了。我希望我们有机会见面。明天见，萨尔沃。"

他洗了个澡，然后走到阳台吃饭。阿德莉娜做了一份沙拉，足够四个人吃，里面有章鱼，还有一些大虾，调料只有橄榄油、柠檬、盐和黑胡椒。吃饱喝足，开始构思一些愚蠢的事情。然后他站起来打电话给利维娅。

"你为什么昨天没打电话给我？"这是她说的第一句话。

他要怎么和她说自己和英格丽喝醉了，完全忘了有这么回事？决不能说。

"没办法打给你。"

"为什么不能？"

"我很忙。"

"和谁在一起？"

哎呀，真是个讨厌的家伙！

"'和谁'是什么意思？我和哥们儿在一起。"

"你们在干什么？"

他最终还是爆发了。

"我们在比赛。"

"比赛？！"

"是的，看看谁能说出最蠢的脏话。"

"那肯定是你赢了。在这方面，你打败天下无敌手！"

然后，他们像平时一样开始打情骂俏了。

6

打电话后，他不想上床睡觉了。走到阳台，坐了下来。他需要分散一下自己的注意力，想一些与利维娅或杀马案无关的事情。夜晚很寂静，漆黑一片。他看到海洋变成了一条浅浅的线。在水面上，阳台的正前面，有一个安全灯。在黑暗中，这个安全灯看起来非常亮，让他感觉离自己很近。突然，一口淡淡的炸鱼味道的酸水返到了他的舌头和上腭，他咽了下去。

十岁时，他的叔叔拿着安全灯带他晚上去钓鱼，这是第一次也是最后一次 。当时他叔叔求了老婆整整一个晚上，征得同意后才去的。

"如果孩子掉进海里，怎么办？"

"你脑子里都想什么呢？如果他掉进海里，我们会用鱼竿把他钓上来。这儿有两个人呢，我和西西诺都在，别担心了啊！"

"那如果他冷呢？"

"咱们带上一件毛衣。如果他冷，我会让他穿上。"

"那如果他困了呢？"

"他可以睡在船里。"

"那你，萨尔沃，你想去吗？"

"嗯……"

每次叔叔带他出去钓鱼，他就什么都不想要了。最后，他婶婶提出了千万条警告后，终于同意他一起去了。

那天晚上，他记得，和这个晚上一模一样，没有月亮，漆黑一片，可以看到海岸边所有的灯。

西西诺是一个六十岁的海员，他划着船，说道："开灯。"

他的叔叔打开了安全灯。安全灯发出一种淡蓝色的光，非常亮。这使他感觉到，沙质海底像突然上升到水面一样，完全被安全灯照亮了。他看到一群小鱼儿，它们被这些炫目的灯光吸引来，然后突然僵住了，一动不动地盯着安全灯看。他还看到了透明的水母，有几条鱼看起来像蛇，还有一些螃蟹爬行在……

"再这样探头看，你可就掉海里去了。"西西诺轻声说。

他就像被施了魔法一样沉醉其中。他甚至没有意识到，自己向外探头的幅度如此之大，脸都快要触到水了。叔叔站在后面，手里拿着十指的捕鲸叉，还有一个十英尺长的鱼叉，把一条十英尺长的绳子绑在手腕上。

"为什么？"他担心把鱼吓跑，于是轻轻地问西西诺，"为什么船上还有两个捕鲸叉？"

"一个是在岩石旁钓鱼用的，另一个是在开阔的海洋钓鱼用的。第一个叉子更结实，第二个更锋利。"

"那叔叔手里的那个是什么？"

"这是一个沙子鱼叉，这是捉鳗鱼用的。"

"鳗鱼在哪儿？"

"它们躲在沙滩下。"

"如果它们在沙子下，你怎么看见它们呢？"

"鳗鱼只是潜在沙子下，所以你仍然可以看到一些小黑点，那就是鱼的眼睛。你看，是不是这样？"

他努力眯着眼看，可还是看不到小黑点。然后他感到船突然颠簸了一下，他听到鱼叉猛地插进水里的声音，这时，他叔叔说："抓住了！"

鱼叉尾部插着的是一个和他胳膊一样大的鳗鱼，鱼还在无力地挣扎。两个小时后，他抓了大概十条大鳗鱼。之后，他的叔叔决定休息。

"饿了吗？"西西诺问他。

"有一点。"

"我给你做点儿鳗鱼吧！"

"好的。"

这个人边划桨边打开一个袋子，他从中拉出一个煎锅、一个小煤气炉、一瓶橄榄油、一小袋面粉和一小袋盐。他，一个小男孩，在一旁看着叔叔做鱼，感觉很奇妙。人怎么能在晚上这个时候吃饭呢？此时，西西诺把煎锅放在煤气炉上，倒了一点油，把两条鳗鱼全身裹上面粉，然后开始炸鱼。

"那你呢？"他叔叔问。

"一会儿我再做我的。太大了，三条鳗鱼，煎锅放不下。"

在等着吃饭的时候，叔叔告诉他，用鱼叉捕鱼，最难的一点就是折射。叔叔解释了什么是折射，但他什么也没听懂，唯一听懂的就是，这条鱼看上去像在这儿，其实是在别处。鳗鱼一炸，冒出的香味就令他忍不住想赶快吃到嘴里。鳗鱼做好了，他把鳗鱼放在一张报纸上。他吃得太着急了，把嘴和手都烫到了。

自那个晚上后已经四十六年了，他再也没尝过这么好吃的鳗鱼。

※

《周六米兰凶杀案》是舍巴南科的一部短篇小说，多年以前他就读过了。谋杀都发生在星期六，这是因为凶手在其他日子里都忙着工作。

"西西里人不在周日杀人"是个很好的书名，可惜还没人用过。

因为在星期天，西西里人会和全家人一起做晨间弥撒，然后去看望祖父母，在那里吃午饭；下午，看电视比赛；晚上，全家一起出去吃冰淇淋。他们在礼拜天怎么抽得出时间杀人呢？

由于这个原因，警长决定晚些时候再洗澡，以确保坎塔雷拉不会打电话来打扰他。

他站起来，打开落地双扇玻璃门。外面无风，也无云。

他走进厨房，磨了咖啡，冲了两杯，在厨房里喝了一杯，然后拿着另一杯走进卧室。他拿起香烟、打火机和烟灰缸，把它们放在床头柜上，然后，背后放了两个枕头，在床上坐着。

他喝着咖啡，一口一口品味着，然后点了一支香烟，吸了两口，得到了双重的满足感。第一重满足感来自咖啡因和尼古丁的味道；第二重满足感来自于利维娅，如果利维娅一直躺在他身边，她一定会这样说："要么熄了那支烟，要么我走！你选一个吧！我跟你说过多少次了，我不喜欢你在卧室里抽烟！"

他会被迫把烟熄灭。

现在，他可以吸一整盒烟，把剩下的也抽完。

"你对调查稍微上点心，这样不好吗？"蒙塔巴诺一问。

"你能让他安静地待一会儿吗？"蒙塔巴诺二插嘴道，回击蒙塔巴诺一。

"对警察来说，每天都是工作日，星期日也不例外！"

"但是连上帝在第七天都休息了！"

蒙塔巴诺假装没有听到他们说的话，继续吸烟。抽完烟后，他躺到床上，再次努力闭上眼睛。

一点一点地，他闻到了一股淡淡的香味，这股味道非常甜，他立即想到躺在浴缸里赤身裸体的拉凯莱……然后，他意识到阿德莉娜还没换英格丽之前在这里两次过夜枕过的枕头套。现在，他的体热让枕套又释放出了她肌肤的香气。他试图用几分钟抵抗这种香味，但还是失败了，他不得不下床，免得它进一步扩散。

他冲了一个冷水澡，去除他那些邪恶的想法。

"为什么是邪恶的呢？"蒙塔巴诺一插嘴道。"这些想法很好啊！"

"他的年龄都……"蒙塔巴诺二恶毒地问。

刚穿好衣服，问题就来了。阿德莉娜星期日不来，因此他别无选择，只能去恩佐餐厅吃饭。但是，他至少十二点半才能吃上饭，吃饭又要至少一个小时。这就差不多两点了。

在英格丽到达之前，他有时间回马里内拉换衣服吗？她肯定会在三点准时到达。

最好的办法就是现在去梳洗打扮。

但是怎样打扮呢？穿休闲装去看比赛没问题，但晚餐呢？要带上小手提箱，装上要换的衣服？不，那看起来太傻了。他决定穿一件灰色西装。这件西装他只穿过两次，一次是参加婚礼，一次是参加葬礼。他一直打扮到九点。他穿上一件精美的衬衫，打了领带，足蹬亮闪闪的皮鞋。他看着镜子里的自己，感觉很滑稽。他把所有的衣服又都脱了，只剩下内裤，沮丧地坐在床上。

突然，他觉得想到了一个解决办法：给英格丽打电话，说有人向他开了一枪，幸运的是，他只是被子弹擦伤，但他不能再……

那如果她跑来马里内拉怎么办？没问题，反正到时候她会看到，他头上缠着一个大绷带躺在床上。反正他房子里的纱布和弹性绷带什么时候用都有……

"好了，严肃点！"蒙塔巴诺一说。"这些都是借口！事实就是，你不想见那些人！"

"如果不想见，不管他愿不愿意，他还必须要去吗？哪儿写着他必须去菲亚卡？"蒙塔巴诺二回击道。

※

最后，警长在十二点三十分穿着灰色西装来到恩佐餐厅，但他的脸……看到他穿成那样，表情就像过万灵节似的，恩佐便问他："怎么了，警长？有人死了吗？"

蒙塔巴诺小声地诅咒着，他没有回答这个问题。吃饭的时候，他一点兴致都没有。两点四十五分前后，他回到家打扮；刚收拾完，英格丽来了。

"我的……你真是太优雅了！"她说。她穿着牛仔裤和衬衫。

"你要穿成这样去吃晚餐吗？"

"当然不是，我要换的。我带着要换的所有东西呢。"

为什么女人穿衣脱衣这么容易，而男人却这么复杂？

※

"你还能再慢点儿吗？"

"我已经很慢了！"

他几乎什么东西也没吃，但是每次英格丽以至少70迈的速度急转弯时，他都害怕得喘不过气来。

"马赛在哪儿举行？"

"菲亚卡城外。皮斯科波男爵有一个名副其实的竞技场，很适合举办马赛，就在他家别墅后面。场地不大，但设备齐全。"

"谁是皮斯科波男爵？"

"他六十多岁，非常绅士，彬彬有礼，终生致力于慈善事业。"

"他这么有钱，只是因为他很绅士吗？"

"他继承了父亲的财产。他父亲是一家大型德国钢铁公司的合伙人，而且做了几笔不错的投资。说到钱，你带钱了吗？"

蒙塔巴诺闭上了嘴巴。

"你是说，我们看比赛要付钱？"

"不是，但你应该赌赌谁是最后的赢家，这是必须要做的。"

"有同注分彩吗？"

"别傻了！下赌注的钱是用于慈善的。"

"赢了赌注的人，他们会得到什么？"

"赢得比赛的女选手会奖励每个赌她会赢的人一个吻，但有些人不接受。"

"为什么不呢？"

"他们说这样会显得自己在调戏别人，但事实是，有些赢家长得非常丑。"

"人们下注大吗？"

"不太大。"

"多少？大概在哪个区间？"

"通常一两千欧元，有时会更多。"

他妈的！那对英格丽来说，什么才称得上是大赌注？一百万欧元？他觉得自己开始出汗了。

"但是我没有……"

"你没有那么多？"

"我口袋里顶多一百欧元。"

"你带支票簿了吗？"

"带着呢。"

"好极了！用支票会显得潇洒。"

"好吧，那赌多少钱？"

"一千吧。"

说说你想让蒙塔巴诺赌多少吧，他绝非小气鬼，但是，扔一千欧元，挤在一群混蛋中间看一场比赛，这可不太妙。

※

距皮斯科波男爵的别墅还有大约三百码时，他们被一个男人

71

拦住了。这个人穿着亮闪闪的名牌西装，看起来就像是从 17 世纪的油画中走出来的一样。唯一与整个画面不符的是那个人的脸，就好像是在苦寒之地过了三十年忍饥挨饿的日子，刚刚刑满释放一样。

"你的车不能再往前开了。"罪犯脸说。

"为什么呢？"

"没车位了。"

"我们应该怎么做？"英格丽问。

"你可以下车走路。把钥匙给我，我会把车停好的。"

"都怪你，我们迟到了！"英格丽哀叹道，说着从行李箱里拿了一个包。

"都是我的错？"

"是的，你总说，慢点儿，慢点儿！"

汽车停在道路的两侧，广阔的露台塞满了车。在巨大的三层别墅一侧有一座塔楼。别墅的主入口前面站着一个人，他穿的制服上全是金色花纹。他是管家吗？他看起来至少九十九岁了。他拄着牧羊人的曲柄杖，当拐杖用。

"你好，阿曼多！"英格丽向他问好。

"你好，夫人。大家都在外面。"阿曼多的声音很细，像蜘蛛网一样细。

"我们这就去他们那儿。来，拿着这个，"她把包递给他，接着说："把它放在埃丝特曼夫人的房间里。"

阿曼多一手抓住这个几乎没有重量的袋子，但他竟然差点倒下。蒙塔巴诺扶住了他。如果他倒了的话，就相当于被一只落到肩膀上的苍蝇压垮了。

他们穿过一个大厅，这个大厅就像一个十星级的维多利亚酒店一样，其中有一个大房间里挂满了祖先的画像，有一个房间更大，里面有很多盔甲，还有三个落地双扇玻璃门，排成一排，正对着绿树成荫的宽阔车道。到目前为止，除了一个犯人和一个管家外，他们没见过任何人。

"大家都去哪儿了？"

"他们已经在那儿了，快点儿！"

车道笔直延伸大概五十码，然后分成两条道，一条通往右边，一条通往左边。

英格丽上了左边的道，路被高耸的树篱围住，蒙塔巴诺跟在后面，他听到了一连串嘈杂的声音，有喊叫声，有大笑声。

他一下子发现自己来到了草坪，这儿摆着小桌椅，有几把大伞，还有躺椅。还有两张很长的桌子，上面摆着食物和饮料，旁边还站着身穿白色夹克的服务员无微不至地伺候着客人。另一边是一个小木屋，有一个男人站在小木屋的后窗处，有一群人在他前面排着长队。

草坪上的男男女女至少有三百之多，他们有些坐着，有些站着，有些在说话，有些在一起笑。站在草坪上向远望去就是所谓的竞技场。

这些人的穿着打扮就像是参加嘉年华一样。有些人穿着马术服装；有些人戴着高帽子，身穿燕尾服，就好像出席英国女王的招待会一样；有些人穿着牛仔裤和高翻领毛衣；有些人穿着蒂罗尔皮短裤，头戴羽毛帽；有些人穿着护林员制服（至少警长这么觉得）。有一个人完全是阿拉伯王室的打扮，还有人穿着短裤和人字拖鞋。在这些女人中，有些人的头发如此之长，简直能当直升机停机坪了；有些人穿着迷你裙，裙子的领子很低；有些人穿着大长裙，任何人要是和她们靠得太近都有被绊倒、摔断脖子的危险；有的戴着圆顶硬礼帽，穿着十九世纪的骑马装。有一个二十来岁的女孩，身穿紧身蓝色牛仔短裤，这全亏了大自然母亲赐予的长腿翘臀，十分性感，十分吸睛。

警长不再盯着看了。这时，他才发现，英格丽已经不在身边了。他觉得自己迷路了。他急切地想要离开，于是走上一条长长的道路，穿过别墅的客厅，快速坐到英格丽的车上，并且……

"哦，你一定是蒙塔巴诺警长！"这是一个男子的声音。

他转过身，发现这声音是一个约四十岁的男人发出的。他长得又高又瘦，穿着卡其色夹克、短裤和膝袜，头戴殖民地样式的遮阳帽，脖子上挂着双筒望远镜，嘴里还叼着一根烟斗。也许他还以为自己在英属印度呢。他伸出自己柔软的、满是汗的手，警长感觉他的手就像湿面包一样。

"真高兴见到你！我是乌戈安德烈·迪·维拉内拉侯爵。你认识科伦坡中尉吗？"

"菲亚卡的卡拉比尼里中尉吗？不，我是……"

"哈哈！我说的不是卡拉比尼里中尉，而是你在电视上看到的科伦坡，你知道的，就是穿着防雨军服的那个人，他的妻子你从来没见过……"

这人到底是个白痴，还是只想让警长出洋相？"不，实际上，我是马格丽特警长的双胞胎兄弟。"蒙塔巴诺回答得很生硬。

侯爵看起来很失望。

"对不起，我不认识他。"

然后，他走开了。他就是个白痴，呆头呆脑地和别人讨价还价。

另一个人走过来，他的穿着打扮像园丁一样，穿着脏脏的工作服，散发着难闻的味道，手里握着一把铲子。

"你看上去像是新来的。"他说。

"是的，这是我第一次……"

"你会赌谁赢？"

"其实，我还没……"

"你想要一些建议吗？赌阿特丽丝·黛拉·比可卡吧。"

"我不……"

"你知道她的价目表吗？"

"不知道。"

"让我给你背一遍：赌一千欧元，她会在你的额头上亲吻你。五千欧元，不算小费，她会吻你的嘴。一万欧元，她会和你舌吻。"

说完后，他鞠躬走开了。

他这是碰上了怎样的精神病？阿特丽丝·黛拉·比可卡这样太不公平了吧？

7

"萨尔沃，来！"

最后，他发现了英格丽，她正冲他挥手。他朝她走去。

"他是蒙塔巴诺警长。他是这座房子的主人，皮斯科波·迪·萨恩·米利泰洛男爵。"

男爵长得又高又瘦，穿着打扮看起来就像警长在电影里见过的猎狐人。不同的是，演员穿着红色外套，而男爵穿着的是绿色的。

"欢迎，警长。"男爵伸出手说道。

"谢谢你。"蒙塔巴诺说，与男爵握了握手。

"玩得开心吗，警长？"

"很开心。"

"那就好。"

男爵微笑地看着他，然后用力拍手。警长感到不解，他应该怎么做？他也应该拍手吗？也许这是这些人在类似场合表达愉悦的一种方式，于是他也大声地拍手。男爵用疑惑的眼神看着他，英格丽开始大笑。这时，一个穿制服的仆人递给了男爵一个螺旋状的号角，这就是男爵拍手的原因！叫男仆来！蒙塔巴诺为自己愚蠢的行为感到羞耻之余，男爵已经吹响了号角。号角声十分响亮，听起来像是给骑兵发出的"冲锋"信号。警长的头离号角不过三英寸，所以，他感觉耳朵一直在嗡嗡响。

所有的人都突然沉默了。男爵把号角给了男仆，接过另一个人递给他的麦克风。

"先生们，女士们！请注意！我谨此通知阁下，投注将于十分钟后关闭，届时不可继续投注！"

"失陪一下，男爵。"英格丽说。她抓着蒙塔巴诺的手，拉着他往前走。

"我们去哪？"

"下注。"

"但我连选手有谁都不知道！"

"看，这两个是我最喜欢的，德塔·迪·圣斯特凡诺和拉凯莱，虽然这次比赛拉凯莱不骑自己的马。"

"这个德塔怎么样？"

"她有小胡子，个子还很矮，你想让她亲你吗？别傻了！你一定要投拉凯莱，就像我一样，投她肯定没错！"

"那阿特丽丝·黛拉·比可卡怎样呢？"

英格丽停了下来，难以置信。

"你认识她吗？"

"不认识，我只是想知道……"

"她是个荡妇。就在这个空当，她很可能正在和某个马夫做爱呢。她总是在比赛之前做爱。"

"为什么？"

"因为她说做爱后，她对马会更有感觉。你知道 F1 赛车手们如何用他们的屁股感受车的运行吗？阿特丽丝能够很好地感受马和她……"

"好了，好了，我明白了。"

他们在一张没有任何东西的小桌子上开了支票。

"你在这里等我。"英格丽说。

"不，我去吧。"蒙塔巴诺说。

"看，那儿排了一队。如果我去了，他们会让我插在其他人前面。"

他不知道该做些什么，于是，他走近一张自助餐桌。所有吃的东西都被拿走了。贵族，也许是贵族吧，竟然跟遭受旱灾的布隆迪饥民一样。

"你想吃点什么？"服务员问他。

"嗯，只要一杯珍宝威士忌。"

"威士忌没有了，先生。"

要想恢复精力，他必须得喝点儿东西。

"那就干邑白兰地吧。"

"干邑也没有了。"

"那还有什么酒？"

"没酒了，先生，就只剩橘汁和可口可乐了。"

"一杯橙汁。"他说道。他感到情绪低落，橙汁上来后就只啜饮了几口。

英格丽手里握着两张收据跑过来。

竞技场很小，也很单调。场内有一个大圆形赛道，四周由众多树篱编成的低栅栏包围着。

那儿还有两个木塔楼，里面一个人也没有。有六个起跑门，在赛道后排成一排，但仍空无一人。客人可以站在赛道旁边。

"我们在这里待着吧，"英格丽说，"这儿离终点近。"

他们靠在栅栏上。地面上不远处有一条白线，这一定是终点线。就在终点线正上方。赛道内侧有一个高塔，可能是给裁判准备的。

在另一个塔顶，皮斯科波男爵手里握着麦克风突然出现了。

"注意了！现在我们邀请各赛道裁判，请伊曼纽尔·黛拉·特纳哥拉伯爵、罗兰多·莎当妮上校和迪·萨恩·塞韦里诺侯爵上塔就座！"

说起来容易，做起来难。有一个人通过一个狭窄的木制楼梯来到了台上。三个人中最年轻的是迪·萨恩·塞韦里诺侯爵，体重至少有两百七十磅；上校大约八十岁了，颤颤巍巍的；伯爵左腿僵硬。这三个人上楼顶足足用了十五分钟，这一定创下了新的纪录。

"有一次他们用四十五分钟到那儿。" 英格丽说。

"总是这三个人当裁判吗？"

"是的，这是传统。"

"请注意！请参赛女士领着赛马到指定起跑位置！"

"位置是怎么分配的？"蒙塔巴诺问。

"通过抽签。"

"为什么没有罗·杜卡的位置呢？"

"他可能和拉凯莱用一个位置。今天拉凯莱比赛用的是罗·杜卡的马。"

"你知道她是几号位吗？"

"第一个，最接近内部赛道的那个。"

"这是板上钉钉的！"有一个人听到他们的谈话后评论道。这个人就站在蒙塔巴诺左边。

警长转过头看着他。那个男人大约五十岁，浑身是汗，头顶又秃又亮，看着都晃眼。

"你想说什么？"

"刚才都说了。圭多·科斯塔负责赌注，他们还好意思管这叫赌注，无耻！"浑身是汗的男人愤慨地说道，之后就离开了。

"你知道他在说什么吗？"他问英格丽。

"当然知道！八卦呗，习惯了！圭多负责处理赌注方面的事情，所以，这个人要说的是，这一次对拉凯莱有利。"

"所以，这个圭多是……"

"是。"

所以，在他们那个社交圈子里，人人都知道他们两个之间有点事情。

"他们跑多少圈？"

"五圈。"

"集中精力！因为这个时候，发令员会在他认为合适的时候给出起跑信号。"

一分钟的时间还没到，起跑的枪声就响起了。

“起跑！”

蒙塔巴诺感觉男爵会像解说员一样，边看比赛边解说赛况，但事实并非如此，皮斯科波静静地坐着，放下麦克风，拿起了一副双筒望远镜。

第一圈结束时，拉凯莱位列第三名。

“前两名是谁？”

“德塔和阿特丽丝。”

“觉得拉凯莱会赢吗？”

“很难说。她连自己骑的马都不熟悉……”

然后他们听到一声吼叫，赛道远处传来一阵骚动，很多人跑了。

“阿特丽丝倒了，”英格丽说。然后，她补充道，“可能她没有调整好状态来感受她的马。”

“先生们，女士们！我要宣布，选手阿特丽丝·黛拉·比可卡从她的马上摔下来了，但幸运的是没什么大碍。”

第二圈后，德塔仍然领先，虽然第二名紧随其后。

警长不知道第二名是谁。于是，他问：“她是谁？”

“维罗妮卡·德尔·博斯科，不是拉凯莱的对手。”

“但为什么拉凯莱没有借对手摔倒超过她呢？”

“不知道。”

当进入最后一圈时，拉凯莱成为了第二名。还有大约五十码就到终点了，她和德塔开始了紧张、激烈的冲锋。这时，台下的人群近乎疯狂地喊叫，甚至蒙塔巴诺也在助威呐喊：

“加油，拉凯莱！加油！”

当距终点线还有约三十码的时候，德塔的马像多长了十条腿一样，而拉凯莱则显得逊色很多。

"太糟了！"英格丽说，"要是骑自己的马，她一定会赢，有没有感觉很遗憾？"

"嗯，有一点。"

"主要是因为拉凯莱不能亲你了，对吧？"

"那么，接下来他们会做什么？"

"接下来，男爵会宣读结果。"

"结果是什么？我们已经知道谁赢了。"

"就是要等着。他们很有趣。"

蒙塔巴诺点了一根香烟。站在他身边的三四个人走开了，用嫌弃的眼光盯着他。

"先生们，女士们！"男爵站在塔楼上说道。

"很高兴向大家宣布，赌注总额超过六十万欧元！我真诚地感谢大家。"

如果到场人数按三百人来算，他们大多是贵族、商人或地主，我们也很难说他们掏了多少钱下赌注。

"获得赌注最多的选手是拉凯莱·埃丝特曼女士！"

众人响起雷鸣般的掌声。拉凯莱输了比赛，但她获得的赌注最多。

"对不起，几位尊敬的贵宾，请不要在草坪上徘徊，我们将要在那里摆放餐桌，请移步楼内沙龙。"

当蒙塔巴诺和英格丽在赛道上转身时，他们最后看到的是两个男仆，他们把莎当妮上校接上塔楼，现在正在把他从塔楼上送下来。

"我要去换衣服，"英格丽说道，然后悄悄溜走了。"大概一小时后，沙龙见。"

蒙塔巴诺走进沙龙，发现了一个神奇的扶手椅，于是坐了下来。这一个小时里，他要放空自己，不想自己在看比赛时想到令自己感到不安的问题。他意识到自己视力不行了，这不可否认，因为每次马从他站着的地方跑向远端时，他都看不清选手穿的丝绸衣服颜色。一切都混乱起来，他感觉整个世界都是模糊的，要不是因为英格丽，他甚至都意识不到从马上摔下来的人是阿特丽丝·黛拉·比可卡。

"这有什么特别的？"蒙塔巴诺一问道。"老了！米米·奥杰洛说得对。"

"胡扯！"蒙塔巴诺二回击道。"米米·奥杰洛说，你在看东西的时候，都离着一臂之远的距离，这是老花眼，是年老的标志。我们这儿的人都是近视眼，近视眼与年龄无关！"

"这又怎样呢？"

"这可能是疲劳，暂时失去……"

"无论如何，这不是一个坏主意……"他们的谈话被一个人打断了，这个人直接站到扶手椅前。

"蒙塔巴诺警长！拉凯莱告诉我你在这里，但我找不到你。"

这个人是罗·杜卡。他大概五十岁，个子高高的。皮肤呈棕褐色，光彩照人，一看就是太阳灯照的结果。他的笑容很灿烂，灰白色的头发梳得一丝不苟，人们对他唯有赞叹。蒙塔巴诺站起来，与他握手。他身上还散发着香水味。

"不如咱们去外面吧！"罗·杜卡建议道。"这里太闷了。"

"但男爵说……"

"别管男爵了！跟我来。"

他们穿过沙龙，走出落地双扇玻璃门，但没有上大路。罗·杜卡立即向左转了个弯。这边有一个修剪得很精美的花园，里面有三个凉亭。两个凉亭里面有人，另一个凉亭没人。天才刚刚开始落黑，但有一个凉亭的灯已经亮了。

"你希望我开灯吗？"罗·杜卡问道。"其实，不开更好。如果我们打开灯，肯定会被蚊子活活吃掉。每到吃晚饭的时候，蚊子都一群一群的。"

凉亭里有两个舒适的柳条安乐椅和一张小桌子，桌上有一个花瓶和一个烟灰缸。罗·杜卡拿了一包香烟，递给警长。

"谢谢，但我更喜欢抽我自己的。"

他们点着了香烟。

"对不起，我说话太直了，"罗·杜卡说："也许你现在不想谈工作，但是……"

"没有，你就敞开了说吧。"

"谢谢，"罗·杜卡说道。"拉凯莱告诉我，她去了维加塔警察局报告马失踪的事情，但后来你告诉她，她的马已经被杀死了，她就没有提交报告。"

"对。"

"当你告诉她，她的马惨遭他人杀害了，拉凯莱可能会很伤心。事实上，她不能更具体……"

"对。"

"但你怎么发现的？"

"纯粹是偶然。马恰好死在我的窗外。"

"但是一段时间后，真的有人过来搬运尸体了吗？"

"是的。"

"你知道为什么吗？"

"不知道。你呢？"

"可能是这样，但我还不确定。"

"告诉我吧，如果你愿意的话。"

"我当然会告诉你了。如果鲁迪，也就是我的马被发现了，或者当我的马被发现时，那些人可能会用同样的方式杀死它。我认为这是仇杀，警长。"

"你把这个假设告诉蒙特鲁萨警局的同事了吗？"

"没有，因为我从你这儿得知此事，而你还没有告诉他们你找到了拉凯莱的马。"

说得好。罗·杜卡当然知道如何搪塞过去。

警长跟他们谈话必须全神贯注。

"你说是仇杀？"

"是。"

"能详细些说吗？"

"好的。三年前，我和一个曾经给我养马的人发生了争执，我一气之下，就用铁杆打了他的头。我认为当时他伤得不会太严重，但结果把他打成了残废。我给他出了所有的医疗费，还要按月给他开薪水。"

"但是，如果是这样的话，为什么这个人想要……"

"嗯，他的妻子已经三个月没有收到他的消息了。"

"他脑子不好使了。有一天他离开了，临走时，他嘴里嘟囔着要威胁我，自此以后我再也没见过他。有传闻说他和一群罪犯扯上了关系。"

"黑手党吗？"

"不，只是普通罪犯。"

"但为什么这个人偷走并杀死你的马，之后还盯上了埃丝特曼夫人的马呢？"

"我觉得他在偷马的时候不知道马不是我的，他可能后来才知道这一点。"

"这一点你也没向我蒙特鲁萨的同事说，对吗？"

"没有，而且我觉得我不会说的。"

"为什么呢？"

"因为我觉得这样会牵扯到那个不幸的家伙，而我对他患上精神疾病又负有责任。"

"那你为什么要告诉我呢？"

"因为别人对我说，只要想知道真相，找你就对了。"

"嗯，既然我是你所说的能够找出事情真相的人，那你能告诉我这个人的名字吗？"

"杰兰多·古雷理。但你能向我保证，这个名字你谁都不告诉吗？"

"这是必须的。但是，你告诉我动机了，还没告诉我为什么他们运走马的尸体呢！"

"正如我所说的那样，我相信当古雷理偷走这两匹马时，他相信它们都是我的。然后他的一个同伙一定会跟他说，这两匹马中有一匹是拉凯莱的，所以他们杀了它，然后运走了马的尸体，想让我犯迷糊。"

"我不明白。"

"警长，你怎么如此确定你发现的那匹死在海滩上的马是拉凯莱的，而不是我的？当他们运走马的尸体时，马的身份就没法儿确认了。所以，他们这样做之后，我就不知道我的马现在的状况如何了，我会感到更加痛苦，因为我非常喜欢我的鲁迪。"

这个说法有点道理。

"问你点事儿，罗·杜卡先生。是谁通知埃丝特曼夫人她的马被偷了？"

"是我，但显然有人比我还早。"

"谁？"

"我不知道，也许是两个看马人当中的一个。而且，拉凯莱给了门卫电话号码，他们可以打这个号码联系她。门卫把记着电话号码的那张纸钉在房子的前门里。那张纸还在那儿呢。这个重要吗？"

"是的，这很重要。"

"怎么重要呢？"

"你看，罗·杜卡先生，如果马房那儿没人给埃丝特曼夫人打电话，这就说明打电话的人是杰兰多·古雷理。"

"那他为什么要这样做呢？"

"也许是因为他认为你会拖着，不到最后不会通知埃丝特曼夫人她的马失窃了，也许他以为你可能会期望支付大量赎金，把马赎回。"

"换句话说，就是让我在众人面前丢脸？"

"有这种可能，你不觉得吗？但如果你跟我说，古雷理有点精神不正常，那么他无论如何都做不到心思如此缜密，我的假设就不成立了。"

罗·杜卡停下来想了想这一点。

"好吧，"过了一会儿，他说道，"我认为策划这场电话密案的人可能不是杰兰多，而是他偶然遇上的一个骗子。"

"这也很有可能。"

"萨尔沃，你在哪儿？"

英格丽在喊他。

8

　　罗·杜卡站起来，蒙塔巴诺也站了起来。

　　"对不起，打扰你这么长时间。但是，我想反正你已经被打扰了，干脆一下子把该做的事情都干完。所以，我不想错过这个宝贵的机会。"

　　"萨尔沃？你在哪儿？"英格丽再次呼唤他。

　　"哦，没有！"警长说，"事实上，我真诚地感谢你一直这么热情地向我讲述案情。"

　　罗·杜卡做了个敬礼的姿势，蒙塔巴诺也一样向他敬礼。

　　他们之间的谈话很雅致，甚至连19世纪的名流都要自叹弗如。

　　他们转过拐角。英格丽看起来很时髦，她站在落地双扇玻璃门前环顾四周。

　　"我在这里！"警长挥手说。

　　"很抱歉我要走了，因为我要见……"罗·杜卡说道。他连他要见的人是谁都没说，就急匆匆地走了。

　　这时传来了一阵震耳的锣声，声音大得仿佛把麦克风放在前面了，不管真相如何，这声音听起来就像闹地震一样。

　　别墅内部传来杂乱的雷鸣般的响声："咚！咚！咚！"

之后发生的事情就像雪崩，或者河水暴涨一样。

一群男男女女大声嚷嚷着，相互推挤，有些人都被挤倒了，他们穿过三个落地双扇玻璃门，涌进宽阔的大道。一下子英格丽就不见了，她被人群挤到中间去了，之后更是被挤到了后面。她转向他，张开嘴，对他说了些什么，但他不知道她说的是什么。这就像是一部悲剧电影的结局。蒙塔巴诺有点迷惑，他感觉是一栋别墅着火了，但在疯狂的拥挤和踩踏之中，每个人都面带笑容，看到这些，他觉得自己错了。为了自身安全，他走了出来，等待大队人马过去。锣声响起，这意味着晚餐准备好了。他想：为什么这些贵族、企业家和商人总是这么饿？他们都已经吃了两桌开胃小菜了，但仍然看起来像是一个星期没吃饭一样。

当这一群人中只剩下三四个人像百米短跑选手一样跑过去时，蒙塔巴诺硬着头皮来到宽阔的道路上。如果能找到英格丽那该多幸运！但是，如果他不去吃饭，向罪犯脸要到车钥匙，然后，进去睡上两个小时，那该多好呢！他认为这主意似乎不错。

"蒙塔巴诺警长！"他听到有一个女人在叫他。

他转向沙龙，看见拉凯莱·埃丝特曼从里面走出来。她身边是个穿着深灰色西装的五十岁上下的男人，个子和她一样高，头发很少，长得像间谍一样。

"长得像间谍一样"意思就是，这张脸不会给人留下任何印象，就算这个人在你面前站了一整天，第二天你仍记不清他长什么样。像詹姆斯·邦德这样的面孔就不是间谍面孔，因为一旦你看了他们一眼，就永远不会忘记他们的长相。对于间谍来说，一旦被敌人认出来，那危险就大了。

"圭多，蒙塔巴诺警长。"拉凯莱说。

警长必须努力抑制自己不看拉凯莱，于是转向圭多。他看到她的那一刻就被深深地迷住了。她双手拿着一个黑包，包悬在她的膝盖处。她的肩膀不宽，腿比英格丽还要修长漂亮。她的头发披散在肩膀上，脖子上戴着昂贵的钻石项链，手里拿着披肩。

"我们可以走了吗？"圭多说。

他的声音温暖而浑厚，听起来就像是色情片里男主在女主耳旁轻声说情话的声音似的。也许圭多这个小人物有些过人之处。

"不知道咱们能否找到座位。"蒙塔巴诺问道。

"别担心，"拉凯莱说，"我订了一个四人桌，但要找到英格丽就困难了。"

并不难，英格丽就在订好的桌子那儿等着他们呢。

"我碰到佐治奥了！"英格丽高兴地说。

"啊，佐治奥！"拉凯莱略带微笑着说道。蒙塔巴诺看到这两个女人之间的眼神，一下子什么都懂了。佐治奥一定是英格丽的旧情人。任何说"汤再热一遍就不好喝"的人在这种情况下都可能是错误的。想到英格丽可能会和她久别的老情人佐治奥在一起过夜，自己独自一人在车里睡到天亮时，他就感到恐惧，开始颤抖起来。

"你介意我到佐治奥那儿，和他坐在一起吗？"英格丽问警长。

"一点也不介意。"

"你就是天使。"

她微微俯身，亲吻他的前额。

"另外……"

"别担心，晚饭后我会来找你，我们一起回维加塔。"

服务员领班注意到了情况，于是走过来，撤走了英格丽的餐具。

"放这儿行吗，埃丝特曼夫人？"

"好，马泰奥，谢谢。"

服务员领班走开后，她向蒙塔巴诺解释道："我让马泰奥给咱们在灯光区外围订的这张桌子，虽然黑了点儿，但咱们不会被蚊子咬，最起码蚊子少一点儿。"

草坪上放着几十张大小各异的餐桌，四个高大的铁质脚手架上打出耀眼的灯光，把桌子笼罩在里面。当然，有光就会有蚊子，来自菲亚卡和邻近城镇的数百万只蚊子正快乐地朝着这个巨大的光源聚集。

"圭多，辛苦你跑一趟，我把香烟忘在房间里了。"

圭多一句话没说就站起身，朝着别墅走去。

"英格丽告诉我说，你赌我赢，谢谢，我欠你一个吻。"

"你跑得不错！"

"如果我骑着我可怜的'超级'，那我就赢定了。说到这儿，我一时联系不上基基了……对不起，我指的是罗·杜卡，我想把你介绍给他。"

"我们已经见过了，而且我们还说话了呢。"

"哦，真的吗？他跟你讲这两匹马被盗以及我的马被杀的原因了吗？"

"你是指仇杀的假说吗？"

"是。你认为这可能吗？"

"为什么不可能呢？"

"基基是个真正的绅士，你知道的。听说我的'超级'死了后，他说愿不惜一切代价补偿我。"

"你拒绝了？"

"当然，他又没什么错！哦，间接来说，我认为……但是，这个可怜人……对此感到如此愧疚……我甚至还因为这个和他开小玩笑了呢。"

"关于什么？"

"嗯，你看，他喜欢吹嘘说西西里岛的每个人都尊重他，四处宣扬没人敢惹他，然而……"

一个服务员端着三道菜出现了，上好就离开了。

服务员端上来的这碗汤是淡黄色的，很稀，上面有绿色的小条纹，闻起来是变酸的啤酒和松节油混合在一起的味道。

"我们要等圭多吗？"蒙塔巴诺问。他这样问并非出于礼貌，仅仅是为了拖延时间，这样他才可以鼓起勇气把第一匙汤放到嘴里。

"当然不用了，要不汤会变凉的。"

蒙塔巴诺舀了一勺汤，送到他的嘴唇处，闭上眼睛，吞了下去。他原以为它会和一般的汤味道差不多，或者根本没有汤味，但结果超乎想象，味道比想象中还要糟糕。他喝汤时，喉咙火烧火燎的，厨师大概是用盐酸调味的吧。第二勺他只盛了一半。当他睁开眼睛时，他发现拉凯莱竟然把菜都吃完了，盘子都是空的。

"如果你不喜欢，给我吧。"拉凯莱说。

她怎么可能会喜欢这恶心的泔水呢？他把菜递给了她。

她接过来，轻轻向一侧倾斜，把它倒在地上，然后还给了他。

"光线差也有光线差的好处。"

圭多拿着香烟回来了。

"谢谢你。趁热把汤喝了吧，挺好喝的。对吧，警长？"

当然，女人都喜欢恶搞。圭多照做了，默默地把汤喝光了。

"很好喝，是吗，亲爱的？"拉凯莱问。

在桌子下，她用膝盖碰了两次蒙塔巴诺的膝盖，提醒他自己设的这个圈套。

"还不错。"这个可怜的家伙回答道。他的声音突然变嘶哑了。

一定是盐酸烧了他的声带。

过了一会儿，好像有一团云从泛光灯前飘过。

警长抬头看了一下，这一团东西都是蚊子。一分钟后，在谈话声和笑声中，有个人开始听到一阵拍打声。原来是男男女女在拍打自己的脖子、额头和耳朵。

"对了，我的披肩去哪儿了？"拉凯莱问，并往桌子下面望。

蒙塔巴诺和圭多也弯下腰去找，但他们没找到。

"我一定来这儿的时候放哪儿了。我要再拿一条披肩，我可不想被蚊子吃掉。"

"我去吧。"圭多说。

"你真是个圣人。你知道它在哪里吗？可能在大提箱里，或者在衣柜的某个抽屉里。"

所以，毫无疑问，他们睡在一起了。他们太亲密了，从找披肩这件事就看得出来。

那为什么拉凯莱要这样对他？她喜欢把他当仆人吗？

很快，圭多离开后，拉凯莱就说：

"打扰一下。"

她站起来。这时蒙塔巴诺看起来很尴尬，原因是，拉凯莱之后高兴地拿起她一直坐在身下的披肩，把它围在肩膀上，对着蒙塔巴诺微笑，说道："我不想继续吃这破饭了。"

几步之后，就看不到她的身影。应该跟着她吗？但她没让他跟着。然后，他在黑暗中看到了打火机的火苗。

拉凯莱点了一根烟，站在几码远的地方抽起了烟。也许她突然感到心情不好，想独自一人待会儿。

服务员又来了，还是端着三盘菜。这次是炸鲻鱼。

毫无疑问，这条鱼肯定死了一个星期了，散发着一种难闻的臭味。

"萨尔沃，快来这儿。"

拉凯莱在叫他，他赶紧跑了过去，很大程度上是为了逃离盘子中发臭的鲻鱼。只要不吃这个鱼，让他干什么都行。

黑暗中，她抽的烟发出红色的微光，他朝着光亮向她走去。

"跟我一起待一会儿。"

他喜欢看她吸烟时嘴唇时隐时现的样子。

她把烟吸完，把烟头扔在地上，用鞋子把它碾碎。

"咱们走吧。"她说

蒙塔巴诺转身回到桌子，然后听到她大笑起来。

"你去哪儿？我要去和月光道个别，他们明天一早就会接走它。"

"抱歉，那圭多怎么办？"

"他会在这里等着。今天的主菜是什么？"

"鲻鱼至少是八天前捞上来的。"

"圭多可没有胆量不吃。"

她抓住了他的手。

"来吧。你对这周边不太熟悉，我来当你的向导吧。"

蒙塔巴诺的手被握在柔软、温暖的手窝中舒服极了。

"马在哪儿？"

"在赛道栏的左边。"

他们走进了一片灌木丛，漆黑一片，这让他很困扰，看不见道了，脑袋差点撞在一棵树上。但情况马上就有了好转。拉凯莱把蒙塔巴诺的手放在自己的腰部，把她自己的手放在他的手上。他们就这样相拥着往前走。

"感觉好点儿吗？"

"好多了。"

当然好多了。现在蒙塔巴诺被双重温暖着：既有女人的体温，又有放在他手上面的女人的手的温度。突然间，灌木丛不见了，在警长的面前出现了一大片杂草丛生的开阔地。远处微弱的灯光闪烁着。

"看到前面的亮光了吗？马房就在那儿。"

现在他能看清楚了，蒙塔巴诺的手自然地变成放松状态，但她却握得更紧了。

"就像这样握着，你介意吗？"

"不……不介意。"

他听到她咯咯笑了。蒙塔巴诺低着头看着地面走，害怕踩到或撞到什么东西。

"我不明白为什么男爵要把门安在这里，这讲不通。我来过这儿很多次，好几年过去了，这个门仍旧这样，没有任何变化。"拉凯莱说。

蒙塔巴诺抬头看了看。他看到一扇铸铁门开着。

铁门周围什么也没有，没有墙，也没有栅栏。这扇门什么用也没有。

"我不明白为什么要在这儿安一扇门。"拉凯莱重复道。

不知道为什么，警长感到十分不安，好像自己到了一个从来没去过的地方，但又觉得曾经来过一样。

他们来到马房前面，这时，拉凯莱放开了蒙塔巴诺的手，他们也不依偎在一起了。有一匹马伸出了头，不知怎的，这匹马感觉到外面有人。拉凯莱靠近马的耳朵，温柔地低语，她长时间地抚摸着马的额头，然后把手拿开，转向蒙塔巴诺，走向他，拥抱他，亲吻他，这是一个深情的吻，他们吻了很长时间，两人的身体紧贴在一起。对蒙塔巴诺来说，他感觉周围环境温度飙升了二十度。然后，她退开了。

"但是，这可不是庆祝比赛胜利的吻。"

蒙塔巴诺什么也没说，仍然处于吓呆的状态之中。她再次握住他的手，拉着他往前走。

"我们现在要去哪里？"

"我想给月光送点吃的东西。"

她在一个小谷仓前面停了下来。门锁上了，但猛地一拽就能把锁弄开。干草的香味很浓，香得令人窒息。拉凯莱走进去，警长紧随其后。他们一走进来，拉凯莱把身后的门关上了。

"灯在哪儿？"

"没关系。"

"但没有灯，你什么也看不见。"

"我能。"拉凯莱说。

他立刻感觉到她赤裸着拥在他的怀里。她脱光了衣服，眼睛一闪一闪的。

她身上散发着迷人的香气。她抱着蒙塔巴诺的脖子，去吻他的嘴唇，她让自己靠在干草上，并把他拉到她上面。蒙塔巴诺感到如此震惊，他觉得自己像一个人体模特一样僵着。

"搂着我的脖子。"她命令道。她的声音突然变了。

蒙塔巴诺拥抱她。缠绵一阵后，她转过身去，背对着他。

※

"上来！"她说话的声音很粗。

他转过身来，看着这个女人。她已不再是一个女人了，而是变成了一匹马。她双手双脚都着地了……

梦！

这就是让他感到如此不安的梦！那个荒谬的门，这个女人、这匹马……

他一动不动地站了一会儿，放开了这个女人……

"你怎么了？抱着我！"拉凯莱重复道。

※

"来吧，上来。"她重复道。

他骑上这匹马，这匹马一跃而起，快速奔跑，犹如秋风扫落叶般……

※

后来，他感觉到她动了一下，站起身来。突然，一束淡黄色的光亮照了过来。拉凯莱仍然赤裸着站在门旁，门旁边有灯的开关。她看着他，毫无先兆地开始大笑起来，笑得前仰后合。

"怎么了？"

"你真好玩，令人动容。"

她走近他，跪下抱着他。蒙塔巴诺开始疯狂地穿衣服。

但他们又花了十分钟时间，帮助对方摘掉他们缠绵时身上粘上的草片。

他们原路返回，两人之间保持着一点距离。

蒙塔巴诺撞到了树上，但这次拉凯莱并没有握着他的手。她只说：

"你受伤了吗？"

"没有。"

但是当他们回到桌子附近时，拉凯莱突然搂着他的脖子，在他耳边低语：

"我真的很享受你。"

蒙塔巴诺内心深处感到一种耻辱，他也感到自己有点被冒犯了。

我真的很享受你！这他妈的是什么说法？这什么意思？那位女士很喜欢我的表演吗？把我当成产品了吗？尝尝蒙塔巴诺牌卡萨塔冰淇淋，你会感觉恍如仙境！蒙塔巴诺牌冰淇淋天下无敌！蒙塔巴诺牌油煎酥卷最好吃！尝尝它们，你会喜欢它们的！

他感到很生气。因为，虽然拉凯莱可能喜欢这种交媾，但他仍感到难受。他们之间发生了什么？一次单纯的、纯洁的交合？就像马房里的两匹马一样。在某一刻后，他已经不能或者不知道怎样抑制自己了。

事实是，只要滑倒一次，以后就停不住了！

他为什么这样做？

这是一个毫无意义的问题，因为他知道为什么，他担心时光会飞快而逝。这种担忧一直持续着，即使看不见，他也会担心。他最近先是和那个连她的名字都不想记住的二十岁女孩做爱，现在又与拉凯莱做爱，阻止时间流逝的行为真是可笑、可悲、令人生叹！他想让时间停下，几秒钟都行，只要身体有知觉，大脑放空，陷入伟大而永恒的空虚之中就足够了。

※

当他们回到饭桌处时，晚餐已经结束了。服务员清理了几张桌子，四处被一种荒凉的气氛笼罩，那几盏大灯也关了，还有一些人没走，情愿在这里被蚊子活活吃掉。

英格丽正在圭多等他们的地方等着他们。

"圭多回菲亚卡了，"她对拉凯莱说。"他有点生气了，他说之后打给你。"

"好。"拉凯莱冷漠地说。

"你们两个去哪儿了？"

"萨尔沃和我一起向月光说再见。"

英格丽听到"萨尔沃"时微微一笑。

"我要抽支烟，然后去睡觉，拜拜！"拉凯莱说。

蒙塔巴诺也点了一支烟，他们沉默地抽着烟，然后拉凯莱站起来，吻了英格丽，英格丽也以吻回应。

"明天早上晚些时候我会回蒙特鲁萨。"

"随时都可以，你喜欢就好。"

然后，她伸出双臂，搂住蒙塔巴诺的脖子，轻轻地吻了他的嘴唇。

"明天我打电话给你。"

拉凯莱一离开，英格丽就探身过来，伸出手摩挲警长的头发。

"看你这一头狂草。"

"我们可以走了吗？"

"走吧。"

9

他们起身了。在沙龙，他们只看到了十个人。

有几个人躺在扶手椅上似睡非睡。大概他们喝下的汤和吃过的鲻鱼开始起反应了，这种感觉既像食物中毒，又像消化不良，就跟胃里装了一块石头似的。庭院几乎一辆汽车也没有。

他们走了三百码，看到英格丽的车孤零零地停在一棵扁桃树下，但附近没有那个长得跟罪犯似的人来过的迹象。不过，他把钥匙留在车门上了。

夜幕降临，路上车辆不多，英格丽觉得可以开上九十迈。而且，当她在拐弯处与一辆拖拉机拖车会车时，另一辆汽车快速冲了过来，那一刻，蒙塔巴诺都想象到了在新闻报纸上读到自己讣告的情景。然而，这一次，他不想让她减速，他想顺着她。

英格丽没有说话。她还是抿着嘴谨慎地开车，但很明显，她心情不好，一句话也没说，直到到达马里内拉。

"拉凯莱得到她想要的东西了吗？"她问道。

"感谢你的帮助。"

"你什么意思？"

"你和拉凯莱已经说好了，也许说好什么时候吃晚餐了。她可能告诉你她想……我该怎么说呢？她想尝尝我。你离开了，编了个瞎话，说有个叫佐治奥的人约了你，实际上没这个人，对吗？"

"是，是的，你说得对。"

"所以你有什么好不高兴的呢？"

"我吃醋了，行不行？"

"不，不可能，这不合逻辑。"

"我会让你明白的。我的思维方式与你不同。"

"也就是？"

"萨尔沃，事实是，跟我在一起，你扮演的是圣人的角色，而和其他女人……"

"但是是你帮我找到拉凯莱这个赞助商的，我敢肯定！"

"帮你找赞助商？！"

"是的，女士！'知道吗，拉凯莱，蒙塔巴诺牌卡萨塔冰淇淋是这儿最好吃的！你可以亲自尝尝看！'"

"你到底在说什么呢？"

他们把车停在他家门前。蒙塔巴诺没说再见就下车了。英格丽也下车了，一动不动地站在他面前。

"你生我气了吗？"她问。

"你、我、拉凯莱，所有事情都很气人！"

"听我说，萨尔沃，我们得坦诚些。拉凯莱确实问过我，是否能给她创造机会，然后我借故离开了。当你和她独处时，她又没拿枪指着你，逼你做她想做的事。她用她的方式问你这个问题，你同意了。你可以说不的，这样一切都会平静地结束，但你没说不，所以，你没有权利对我或拉凯莱大喊大叫，这一切只能怪你自己。"

"好吧，但是……"

"让我说完。我也知道你说的卡萨塔冰淇淋什么意思。什么？你想要感觉？你想要一份爱情宣言吗？你想让拉凯莱柔情地轻声对你说：'我爱你，萨尔沃。你是这世界上我唯一的爱人'吗？你想以有感情为借口，好让自己爽过之后不会有太多负罪感吗？拉凯莱，只是非常诚实地，向你……我该怎么说呢……是的，她向你提出交易。然后，你接受了。"

"是的，但是……"

"还有，你知道吗？你让我有点失望。"

"为什么？"

"我真的以为你能处理好和拉凯莱的事情，现在，够了！我刚刚失态了，我向你道歉，晚安。"

"我也向你道歉。"

警长与英格丽挥手告别，目送她离开。"再见！"然后转身，打开门，打开灯，走进去，他被看到的这一幕震惊了。

窃贼们把房子翻了个底朝天。

※

他花了半小时试图把一切放回原位，最后放弃了。没有阿德莉娜的帮助，他永远也不能把家务做好。不妨让一切就这样待着吧。大概凌晨一点钟的时候，他还没有睡觉，他宁可做些别的事情，也不愿意睡觉。窃贼们在阳台上强行打开落地双扇玻璃门，他们肯定没费太大劲儿就进来了，因为英格丽来接他的时候，他忘了把插销插上。所以，盗贼们用肩膀轻轻一推，门就开了。

他进了储藏室，女管家将她需要的东西都放在这里。他发现，盗贼们连这里都仔细搜查了。工具箱是开着的，东西散了一地。最后，他发现了锤子、螺丝刀，还有三四个小螺丝。但是，当他试图修落地双扇玻璃门上的锁时，他发现确实需要眼镜。

但他之前怎么从来没意识到自己视力不好呢？他的心情本来就很糟了，拉凯莱的事已经够烦心了，家里竟然还藏着这样一个惊喜，他的心情跌至谷底。他突然想起，床头柜的抽屉里有一副他父亲的眼镜，当时他的父亲把这副眼镜和手表一起送给他的。

他走进卧室，打开抽屉。装着钱的信封原封不动，眼镜盒也在。

但是，他还发现了意料之外的东西，他的表竟然被送回来了。

他戴上眼镜，视力一下子就变好了，他回到餐厅，开始修锁。

这些盗贼们，很明显，我不应该再称他们为盗贼了，因为他们什么也没偷。事实上，他们甚至把第一次偷的东西都还回来了。

很明显，他们想说明的是：亲爱的蒙塔巴诺，我们潜入你的房间不是为了偷东西，而是有东西要找。

他们把房子搜了个底朝天，简直比他记忆中的警察搜查得还要彻底，搜查之后，如果他们已经找到了要找的东西了，那它是什么呢？信件？但他家里没有任何重要的信件。

文件？与调查有关的书面文件？但他好像从没留在家里过，因为他总是第二天就带回警局。

不管真相如何，结论就是，如果没有找到想找的东西，他们肯定会回来；而且，下一次肯定比上一次还糟糕。

他稍微修理了落地双扇玻璃门，看上去效果不错。他打开门，又关上门，重复了两次，弹簧锁好像也没问题了。

"看到了吗？当你退休时，你就可以全身心做这样的杂活了。"蒙塔巴诺一说。

他假装没听到。夜里的空气夹杂着海洋的味道，这让他有了胃口。前天中午，他几乎什么东西也没吃，晚上只喝了两勺盐酸汤。他打开了冰箱，里面有绿橄榄、半干黑橄榄、羊奶干酪和凤尾鱼。面包有点硬了，但还能吃。葡萄酒倒是不缺，他拿一个大盘子盛了点吃的东西，然后拿着来到了阳台。

他自言自语道：显然，这些窃贼们——姑且这么称呼吧——这些盗贼们一定像上次一样搜了半天。他们知道他不在城里，直到深夜才回来吗？如果他们知道，那就意味着有人告诉了他们。但有谁知道他那天晚上要去菲亚卡呢？只有英格丽和拉凯莱。

等一下，蒙塔巴诺，不要接着想了，要不然就陷进去出不来了。

最简单的解释就是，他们一直在密切监视自己。一看见他离开时，他们就在白天破门而入。此外，还有谁那个时候会在海滩上呢？然后他们走进去，整个下午在这里静静休息。

他们第一次不是也这样做的吗？他们等着他出去买威士忌，然后再进去。是的，他们当时密切关注他，监视他来着。

有可能，甚至现在，他在吃橄榄和面包时，他们还在监视着他。他妈的，真不得劲！

当他知道自己的一举一动都被不认识的人监视时，他感到非常不安。他希望他们找到了想要的东西，这样他就不用再这样担惊受怕了。

吃完后，他站起来，把盘子、餐具、瓶子和玻璃杯放进厨房，锁上落地双扇玻璃门，祝贺自己成功地修好了门，之后去洗了澡。当他正在洗澡时，一些稻草从他头顶掉了下来，落在他的脚上，然后又随着小水涡掉进下水道。

※

他醒来时听到了阿德莉娜的尖叫声，阿德莉娜惊慌失措地跑进他的卧室。

"哦，我的天啊！怎么了？"

"有贼，阿德莉娜。"

"窃贼进到房子里来了，先生？"

"好像是。"

"他们偷了什么吗？"

"什么也没偷。嗯，帮我个忙。你把东西物归原处时，帮我检查一下，看看有没有少什么东西。"

"好吧，你要喝杯咖啡吗？"

"当然要。"

他在床上喝着咖啡，还抽了一根香烟。

然后他走进浴室，穿好衣服，转向厨房又冲了一杯咖啡。

"知道吗，阿德莉娜？昨天晚上，在菲亚卡，我喝了些汤，但很伤心地说，我从来没喝过那么难喝的汤。"

"真的吗，先生？"阿德莉娜说道，她有点不开心。

"真的。我跟他们要了菜谱，只要我一拿到食谱，我就念给你听听。"

"先生，我可能没时间帮你把整间房子都整理好。"

"没关系，你能做多少就做多少，明天完成都行。"

※

"啊，警长，警长！你星期天怎么过的？"

"我去看了一些在菲亚卡的朋友。谁在这儿呢？"

"是法齐奥，我去叫他一下吗？"

"不，我去吧。"

法齐奥办公室有两个桌子。第二个办公桌本来坐着一位同级警官，但他五年前辞职了，自此以后桌子就一直空着。"缺人手啊"，每次有人提交辞呈时，局长总是这样答复。

法齐奥站起来，看到警长进来，感觉很疑惑。蒙塔巴诺很少来他的房间。

"早上好，警长，有什么事吗？要我去你办公室吗？"

"没什么事，我想向你报告犯罪案件，所以过来找你。"

"向我报告？"法齐奥变得更困惑了。

"是的，我想报告的是有盗贼破门而入，偷我家的东西。更确切地说，是盗贼破门而入，试图偷东西。我敢肯定的是，他们破门而入，把我吓坏了，仅此而已。"

"你说的话我一个字也没懂，警长。"

"我家着贼了，在马里内拉。"

"贼？"

"但显然他们不是贼。"

"他们不是贼？"

"听着，法齐奥，不要重复我说的话，要不我会被你带跑偏的。闭上你的嘴，你的嘴现在还张着呢！你坐下，我也坐下，我跟你讲讲这整个故事。"

法齐奥就像扫帚一样，僵硬地坐着。

"是这样。一天晚上，英格丽夫人来到我家，并且……"警长开始讲道。他告诉他窃贼第一次进入后，手表不见了的来龙去脉。

"好吧，"法齐奥说，"听起来像是一群缺钱买毒品的小屁孩干的事。"

"等等，还有第二部分，故事还没完呢。昨天下午三点，英格丽夫人开着她的车过来……"

这一次，警长讲完了，法齐奥还是保持沉默。

"你不应该说点什么吗？"

"我正想着呢。很明显，第一次盗窃，他们拿走了手表，这让他们看起来像窃贼，但他们没找到想要的东西，所以，他们还要策划第二次行动。也许，他们决定把事情挑明，把手表还回来。也许把手表还回来的意思是，他们已经找到了要找的东西，不会再回来了。"

"但是我们也不确定，不过，有一点可以肯定，那就是他们很急迫。如果还没找到，他们可能会再试一次，甚至今天，没准今晚就会行动，明天，最晚明天。"

"我刚想到点什么。"法齐奥说。

"说吧。"

"你十分确定他们在监视你吗？"

"百分之九十。"

"你的管家什么时候离开？"

"大约 12 点 30 分，12 点 45 分左右吧。"

"你能打电话给她，告诉她今天要回家吃午饭吗？"

"好的，当然可以，为什么呢？"

"这样一来，你回家吃午饭，就不会有人破门而入了，因为你在家。三点钟，我会开着巡逻车过来。我会打开警报，虚张声势。你跑出来，上车，我们离开。"

"去哪儿？"

"咱们去参观神庙。如果这些家伙正在监视你，他们会认为我来找你是有要紧的事，于是便会立即采取行动。"

"所以？"

"窥探你的那些人不会知道加鲁佐潜伏在附近。事实上，我现在就派他去，把事情跟他解释清楚。"

"不，不，法齐奥，没必要……"

"我跟你说，警长。我感觉整件事情都很搞笑，我不太喜欢这样。"

"但你知道他们在找什么吗？"

"什么？你都不知道？那我就更不知道了！"

"贾科莫审判什么时候开始？"

"大约一个星期之后吧，我觉得是，你为什么要问这个？"

之前蒙塔巴诺逮捕了贾科莫。贾科莫是黑手党的小人物，收保护费的。有一天，他向一个店主要钱，店主拒绝给钱，他就开枪打伤了对方的双腿。店主怕死，就一直说是陌生人开枪打了他。然而，警长发现了大量指向贾科莫的证据。问题是，现在判决结果也不知道怎样，蒙塔巴诺必须自己查验。

"可能他们什么也没找，也许这是个警告：我们倒要看看你在审判时怎么说，因为我们可以随意出入你的房间。"

"这也是可能的。"

※

"你好，是阿德莉娜吗？"

"是的，先生。"

"你在干什么？"

"我在收拾房间。"

"你做饭了吗？"

"我一会儿做。"

"现在做吧，我一点回家吃午饭。"

"好，你说什么我都照做，先生。"

"你要做点什么？"

"几条鳎鱼。现在要做西兰花拌意大利面。"

※

法齐奥进来了。

"加鲁佐去马里内拉了，他想到一个隐藏的好地方，从海边监视你家。"

"好吧。听着，不要和任何人说这件事，连米米也不要说。"

"好的。"

"请坐。奥杰洛来了吗？"

"来了，先生。"

警长拿起电话。

"坎塔雷拉，请告诉奥杰洛警探，我想见他。"

米米立刻出现了。

"昨天我去了菲亚卡，"蒙塔巴诺说道，"那儿有一场赛马，埃丝特曼夫人骑着罗·杜卡借给她的马参加了比赛。后来，罗·杜卡和我谈过话了。在他看来，这个案子是某个叫杰兰多·古雷理的人主导的仇杀案，这个人是他从前的一个马夫。你以前听说过这个人吗？"

"从来没有。"法齐奥和奥杰洛异口同声地说。

"现在，我们得多了解他才行。很显然，他有诈骗的前科。你想调查吗，法齐奥？"

"好的。"

"你能讲讲罗·杜卡跟你谈话的内容吗？详细点儿讲？"米米问。

"马上。"

※

当警长说完时，米米的评价就是："这个假设算不上牵强。"

"我觉得也是。"法齐奥说。

"但如果罗·杜卡是对的，"蒙塔巴诺说，"你觉得调查会就这样结束吗？"

"为什么这样说？"奥杰洛问。

"米米，罗·杜卡没有把他跟我说的话告诉蒙特鲁萨的同事们，他永远也不会告诉他们的。他们只知道有两匹马被盗了，不知道其中一匹被打死了，因为我们没有告诉他们。此外，埃丝特曼夫人从来没向我们提交过报告。而且，罗·杜卡明确告诉我，他知道我们没把这件事透露给蒙特鲁萨的同事。因此，无论你怎么看，我们都没有确切证据来指引接下来的行动。"

"所以？"

"所以我们至少有两件事情需要做。首先要多了解一下杰兰多·古雷理。米米，你责怪我轻易就信了埃丝特曼夫人的话，那我们就调查一下，看看罗·杜卡对我说的话是不是真的，就从古雷理头部被打查起。当然，他一定在蒙特鲁萨的某家医院治疗过，不是吗？"

"我懂了，"法齐奥说。"你想证明罗·杜卡说的话是真的。"

"对。"

"这件事包在我身上。"

"第二件要做的事与罗·杜卡的假设有关。他告诉我，现在还没有人真正知道这两匹马中哪一匹被杀了，是他的还是埃丝特曼的。罗·杜卡认为，对方这样做是为了让他有所忌惮，但有一点是肯定的，那就是没有人真正知道哪匹马被杀了。罗·杜卡也告诉我，他的马叫鲁迪。现在，如果有这匹马的照片，我和法齐奥可以看一眼的话……"

"我可能知道从哪儿能找到图片，"米米笑着继续说，"当然，听了罗·杜卡的话后，我觉得跟那些被说成'丧失理智'的人相比，这个古雷理头脑很清醒。"

"为什么？"

"嗯，首先他杀死了埃丝特曼的马，这让罗·杜卡十分担心自己的马会遭遇不幸，然后他打电话给埃丝特曼，这样罗·杜卡就不能向埃丝特曼隐瞒她的马被偷的事了。对我来说，他就像刀子一样扎心，这个家伙绝不像那些又穷又傻的混蛋一样！"

"我已经向罗·杜卡说明了这一点。"蒙塔巴诺说。

"他说什么了？"

"他说，最大的可能就是有人在怂恿古雷理。"

"嗯。"米米说。

10

他刚要离开警局准备回家，突然电话铃响了。

"警长？警长？埃丝特曼女士找你。"

"电话吗？"

"是的，警长。"

"跟她说，我不在。"

刚放下听筒，电话铃就又响了。"警长，有人让我把电话转接给你，说是帕斯夸里·奇里毕乔。"

一定是阿德莉娜管家的儿子——帕斯夸里·奇里恩乔。阿德莉娜有两个儿子，他俩都当过小偷，进出监狱简直就是家常便饭。蒙塔巴诺当过教父，给帕斯夸里的儿子洗过礼。

"你是谁？帕斯夸里吗？监狱打过来的吗？"

"不，警长，我现在缓刑在家。"

"有什么事吗？"

"警长，今天早上，我妈妈打电话给我，告诉我发生的事了。"

阿德莉娜已经告诉她儿子蒙塔巴诺家着贼了。警长什么话也没说，等着他说下面的话。

"我想跟你说，我联系了我的几个朋友。"

"你有什么发现吗？"

"我想说的是，我的朋友们与这件事毫无关系，他们之中有一个人跟我说，这些盗贼不至于傻到闯进警察的房子。所以，要么是外地人做的，要么是内部团伙做的。"

"可能是高级团队？"

"我不知道，警长。"

"很好，帕斯夸里，谢谢！"

"不用谢。"

所以，现在清楚了。窃贼与这件事无关，而且，他认为这也不是外地人做的，这一定是帕斯夸里所说的"内部团伙"做的。

※

他在阳台上摆好餐桌，热了西兰花拌意大利面，开始吃饭。陶醉于美味的饭菜时，他明显感觉到自己正在被监视。通常，被别人监视与听到别人喊你名字的感觉是相同的：你听到有人叫你，但你不知道声音从哪儿来，所以你开始四处观望寻找。

他发现，除了一条瘸腿的狗，海滩上什么也没有。早上，渔夫已经出海归来，并把船停靠在岸边。警长站起来去厨房里取了条鳎鱼。就在那一刻，一道光一闪而过，闪了他的眼。不用想就知道，这一定是阳光照射玻璃的眩光，是从海的方向照过来的。

但是，他又一想，海上没有窗户，没有房子，更没有汽车。他身体前倾，假装去拿那个脏盘子，抬头看看能看见什么。他发现，海岸不远处有一条静止的船，但他无法判断上面有多少人。现在他明显感觉到自己的视力下降了，他记得小时候有一次，他连船上人眼睛什么颜色都能看清楚，嗯，也许不完全对，但肯定会比现在看得清楚。

他想到自己房子里有一副双筒望远镜。但是，从船上监视他的人一定也有双筒望远镜，如果他拿望远镜去看他们，他们很快就会发现自己已经暴露了。所以，现在最好的做法就是假装什么也没发现。

他走进去，几分钟后，又拿了几条鳗鱼来到阳台，坐下来开始吃。慢慢地，他开始相信自他第一次打开落地双扇玻璃门摆餐桌开始，船就一直在那里，当时，他并没把它放在心上。吃完饭后，已经过了两点了。他走进浴室冲澡，好摆脱糟糕的心情。之后，他拿着一本书回到阳台，坐下来，点了一根烟。这时他发现船还是没有动。

他开始阅读。十五分钟后，他听到警报声。他继续阅读，好像什么事都和他无关。警笛声越来越大，直到警车停在他家门前的停车场，声音才消失。他觉得船上的人可以看到阳台和停车场。这时，门铃响了。

他站起来，去开门。法齐奥拿着灯朝车顶照来照去。

"警长，有紧急情况。"

为什么这儿就他们两个人，他却要演得如此夸张？也许法齐奥认为附近藏着监听器？

"我马上就来。"

显然，船上的人已经看到了事情的整个经过。警长插上门闩，锁上落地双扇玻璃门，他来到外面，锁上前门，上了车。

法齐奥把警报器打开，轮胎摩擦的声很大。

"我知道他们在哪儿监视我了。"

"在哪儿？"

"从船上。我们应该告诉加鲁佐吗？"

"也许你是对的。我给他打电话。"

加鲁佐立刻就接了电话。

"加鲁佐，我想告诉你，警长已经知道了……哦，是吗？好的，继续保持警惕。"

他挂了电话，转向警长。

"加鲁佐已经知道，那艘船上的三个人只是假装钓鱼。实际上，他们在监视你的房子。"

"那加鲁佐藏在哪里？"

"警长，你知道那个已经建了十年的房子吗？他就在你家房子对面的那栋房子的二楼藏着。"

"你要带我去哪儿？"

"我们不是说好去神庙吗？"

※

马上就到了通往神庙的路。这条道路一般人只能步行，但是警察可以开车过去。蒙塔巴诺要求法齐奥停下来，他们走进一家书店，买了一本旅游指南。

"你当真了？你还真想去旅游？"

不，他并没有把旅游当真。虽然他已经去那儿很多次了，但每次回来，他都忘记神庙建造的时间、大小、柱子的数量……

"咱们去山顶吧，"警长说，"这样回来的路上就能看全了。"

车开到了山顶，他们停好车，向最高处的神庙走去。

朱诺·鲁西娜神庙建于公元前450年。长41米，宽19.55米，曾有34根立柱……

他们认真看了会，然后回到车里。他们开了几米，靠边停车，然后向山上走，来到了第二个神庙。

协和神庙建于公元前450年。长42.1米，19.7米宽，最初有34根立柱，每根6.83米高。

他们又参观了一会，然后回到车里，像之前一样。

赫拉克勒斯神庙最为古老，它可以追溯到公元前520年。长73.4米……

他们好好参观了一番。

"我们要去看其他神庙吗？"

"不去了，"蒙塔巴诺说，他已经厌倦考古了。"加鲁佐到底在忙什么？已经差不多一个小时了。"

"如果他没打电话过来，那就意味着他……"

"给他打电话。"

"不，警长，如果他就在你的房子附近，他的电话响起来怎么办？"

"那就给坎塔雷拉打电话，让他和我说话。"

法齐奥照做了。

"有消息吗，坎塔？"

"没，警长，但埃丝特曼夫人打电话了。她问你是否可以回个电话。"

蒙塔巴诺和法齐奥又在神庙前面踱来踱去半个小时。

警长越来越紧张了，法齐奥试图分散他的注意力。

"警长，为什么协和神庙几乎完好无损，其他的却不是呢？"

"因为有一个叫狄奥多西的罗马皇帝，他下令摧毁所有异教神庙和神谕所，已被改造为基督堂者除外。协和神殿就是其中之一，所以，它保留了下来。这充分表明了古代帝王对宗教的容忍度是多么有限，就和当今一样。"

简短的文化交流后，警长立刻转向手头的事情。

"船上那三个人是不是真正的渔夫，你敢打赌吗？来，咱们去酒吧坐坐吧。"

事实证明这是不可能的。酒吧里坐满了英国人、德国人、法国人，尤其是日本游客，他们正疯狂地拍照，要把任何能想到的东西都拍下来，甚至连掉进鞋子的石子都不放过。警长开始说脏话了。

"我们离开这儿吧。"他焦躁地说。

"我们去哪里？"

"我们去找找这些人的……"

这时，法齐奥的手机响了。

"是加鲁佐。"他说道，并把这台小小的电话机放到耳旁。

"好，我们这就过去，"他立刻回答道。

"他说什么了？"

"他说我们必须立刻回家。"

"他没说什么别的吗？"

"没有，警长。"

他们一路疾驰，开向马里内拉，速度简直比舒马赫在 F1 大赛上还快。但他们没开闪光灯，也没拉警笛。到达时，他们发现前门是开着的。他们跑了进去。

他们看到餐厅里的落地双扇玻璃门都快掉下来了，在合页上晃荡着。加鲁佐脸色煞白，坐在沙发上。他喝了一杯水，手里还握着空玻璃杯。他们一看见他，他就站起来了。

"你还好吧？"蒙塔巴诺直视着他的眼睛，问道。

"我没事，警长，但我真的很害怕。"

"为什么？"

"来了两个人，其中一个朝我开了三枪，但都没击中。"

"真的吗？那你怎么做的？"

"我开枪回击了，我觉得我击中那个没开枪的人了，但另一个人，也就是拿着武器的那个人，扶着他，把他拖到路上，那里正好有一辆车接应他们。"

"等你好点儿了，能把这件事从头到尾给我们讲讲吗？"

"好的，我现在就没事了。"

"你想要点威士忌吗？"

"来点吧，这样会好点儿，警长！"

蒙塔巴诺拿过他手里的玻璃杯，给他倒了很多威士忌，然后递给他。法齐奥来到阳台，回来时，脸色阴沉。

"你们两个人离开后，等了半小时他们才上岸。"加鲁佐说。

"他们是想确定我们真的离开了。"法齐奥说。

"但是，他们上岸后，又在船边晃了很长时间，每一条路都看了看。然后，大概一小时吧，两个人从船里拿出一些大汽油罐，开始朝房子走来。"

"那第三个人呢？"蒙塔巴诺问道。

"第三个人又把船开回海里了，所以我离开了埋伏地，藏在左墙角。我在角落里向外看，看到一个人手里握着一根撬棍，刚好把落地双扇玻璃门从合页上撬开，然后他们就进去了。我正想我该怎么做时，有两个人从阳台出来了。我觉得他们一定是来拿油桶的，我不能再等了，所以，我跳出来，拿枪指着他们说：'不要动！警察！'

啊，警长！你可不知道！当时，这两个人中个子大的一个，立马就掏出手枪，朝我开了几枪。我在房子墙角处掩护，然后我看到他们向房子前的停车场跑去了，我去追他们，大个子又朝我开枪，我就回击，击中了他身边跑着的另一个人，那个人一瘸一拐的，就像喝醉了一样，最后跪倒在地。那个大个子一手扶着他，一手又费力地向我开了第三枪。当他们走到路边时，有一辆车停在那儿，车门都开着，他们迅速跑上去。"

"所以，"蒙塔巴诺说，"他们早就计划好从陆上逃走了。"

"打扰一下，"法齐奥对加鲁佐说，"你为什么不继续追他们呢？"

"因为我的手枪卡壳了。"加鲁佐回答道。

他从口袋里拿出手枪，把它交给法齐奥。

"多亏了我的武器！如果那些家伙知道我不能再开枪了，我就不会站在这儿跟你讲发生的事儿了。"

蒙塔巴诺走出去，来到阳台。

"我已经检查过了，警长，"法齐奥说。"这里有两个装满二十升汽油的油桶，他们想要烧掉你的房子。"

现在来看，这事情可就严重了。

"所以，警长，接下来我该怎么办？"加鲁佐问。

"什么怎么办？"

"就是我开的那两枪，如果枪支管理处的那个家伙问我……"

"告诉他们，你要打死一只疯狗，但枪卡壳了。"

"那你的真正意图是什么，警长？"法齐奥问。

"找人来修落地双扇玻璃门。"警长镇定自如地说道。

"如果你想修的话，不到一个小时我就能帮你修好，"加鲁佐说。"你有工具吗？"

"去储藏室看看。"

"警长，"法齐奥继续说道，"我们必须在口径上保持一致。"

"为什么？"

"因为五分钟后，我们的人，或者是宪兵，一定会来这儿的。"

"为什么？"警长重复问道。

"他们一定会想：那儿到底是不是真的交火了？你想想，五枪发出去了，这儿一定已经有人给警察打电话了，或者给……"

"你想打多少钱的赌？"

"关于什么？"

"没人打电话。这个时间，大多数听到枪声的人会认为，这要么是摩托车回火，要么就是些小混混在胡闹。能够意识到这是枪声的人也就两三个人，这些人一般都很实际、很聪明。而且，就算他们知道了，他们也不大可能放下自己手头上的事情，不管他们当时正在做什么。"

"这里有我需要的所有工具。"加鲁佐拿着工具箱说道。

他开始修门了。他敲了一会儿后，警长对法齐奥说：

"我们去厨房，你要喝咖啡吗？"

"要，谢谢。"

"那你呢，加鲁？"

"不要，谢谢你，警长，喝了咖啡今晚我就睡不着觉了。"

法齐奥沉默了，陷入沉思中。

"你害怕吗？"

"害怕，警长。船、汽车、持续监视、枪、至少三个人……发生了这么多事情，我们不能什么也不做啊！这让我想起黑手党的事，如果你真的想知道的话，我会跟你讲。也许你想到贾科莫受审一事是对的。"

“法齐奥，我家里没有任何与利科有关的文件。他们把我家搜了个底朝天，才发现这一点。”

如果他们今天回来烧了这个地方，那就表示他们想威胁我。

“这就是我正要说的。”

“但你相信他们这样做是因为利科吗？”

“你现在还有什么其他重要的东西吗？”

“重要的东西？没有。”

“你看？听我说，警长，幕后黑手是库法罗家族，利科是他们的人。”

“你认为他们会为了利科这样的小角色而大费周章吗？”

“警长，不管再怎么不起眼，他也是他们的人，他们不能就这样丢下他，否则就会失去其他成员的信任。”

“但是他们怎么可能想到我会突然害怕，我会上法庭？他们怎么会知道我会说：对不起，我犯了一个错误，利科跟这个没什么关系！”

“但这不是他们想要的！他们想要的是：审判过程中你看起来游移不定。这就够了，至于证据，库法罗的律师会处理好的。如果说建议的话，我建议你今晚睡在警察局。”

“那些家伙不会回来了，法齐奥。所以，目前来看，我不会有危险。”

“你怎么这么确定？”

“很简单，因为他们想等着我出去，然后再把我的房子烧了。如果他们想杀我，他们可以晚上趁我睡着的时候烧了房子，而他们也可以随时在船上一发命中。"

法齐奥想了一会儿。

"也许你是对的，你活着对他们更有用。"

但他似乎更疑惑了。

"警长，有一件事我不明白。为什么你不想把这件事告诉其他人呢？"

"你想一想，如果我正式报告盗贼私入民宅试图盗窃——我说他们试图盗窃，你不要介意啊，因为我不知道他们有没有拿走什么东西，如果这样报告了的话，你知道接下来会发生什么吗？"

"不知道，警长。"

"第二天晚上，维加塔电视上就会播报新闻，撅着嘴、一脸傻样的评论员皮波·拉贡涅丝就会跳出来说：你听说这个消息了吗？窃贼可以肆无忌惮地进出蒙塔巴诺警长的房子！这样，我就会看起来像个不折不扣的傻子一样。"

"你说得对，但你可以私下与局长谈谈。"

"和博内蒂·阿德里奇谈吗？你开玩笑呢吧！那家伙会命令我按规矩行事！我会被拴死的！不，法齐奥，我不想这样做，我不能这样做。"

"随你吧，警长。那你打算怎么办？回局里吗？"

蒙塔巴诺看了一眼他的手表，已经过了六点了。

"啊，我想留在这儿。"

半小时后，加鲁佐高兴地向大家宣布，他修好了落地双扇玻璃门。现在，落地双扇玻璃门就像新的一样。

※

阿德莉娜已经收拾好客厅了，但卧室仍然一团糟，所有的抽屉都开着，抽屉里的东西扔得满地都是，盗贼们甚至把衣柜里所有的衣服都扔出来了，而且，衣服的口袋都是翻着的。

等一下！这意味着，他们正在寻找的是一些可以放在口袋里的东西。一张纸？一个小物件？不，他们要找的很有可能是一张纸，这让他想到了第一个假设：利科的审判。这时，电话响了，他接了电话。

"蒙塔巴诺先生吗？"声音很深邃，口音很重。

"是。"

"做你该做的，混蛋！"

他还没说话，对方就挂了电话。

他想到的第一件事就是，他们还在监视他，因为电话是在法齐奥和加鲁佐离开后打来的，但就算法齐奥和加鲁佐在这儿，他们又能做什么呢？什么也不能做。但是，只要他们在，他就不会感到那么害怕，人的心理就是这样微妙！他想，那边儿指挥整个行动的一定是个大恶魔，心狠手辣，他一直对自己这样说。

他想到的第二件事就是，他永远都做不了他应该做的，因为听了这个打匿名电话的人的话后，他根本不知道应该做什么。

他们应该说得再清楚点，他妈的！

11

　　他走进卧室里把东西收拾好，大概五分钟后，电话又响了。他拿起电话，另一个人还没张嘴说话，他就说话了。

　　"听着，你这个狗娘养的！"

　　"你这是怎么了？"英格丽打断了他。

　　"哦，是你？对不起，我以为……嗯，出什么事了？"

　　"你刚接电话就这样跟我说话，我觉得你一定心情不好。但无论怎样，我还是要问你，我只想知道你为什么不回拉凯莱电话……"

　　"她让你问我的吗？"

　　"不，我看她心情很不好，就主动问了。到底是为什么呢？"

　　"你一定要相信我，今天的日子就是这样的……"

　　"你发誓，这不是借口？"

　　"我不会对任何事发誓的，但我跟你说，这绝对不是借口。"

　　"好吧，这样我就放心了，我还以为你就像天主教徒一样拒绝了这个引诱你的女人呢！"

　　"你真不应该这样说。"

　　"为什么呢？"

"因为，就像你亲口跟我说的那样，拉凯莱和我之间只是一个交易，一次交换。如果埃丝特曼太太没有太抱怨这件事的话……"

"不，她没抱怨，正好相反。"

"……那就没理由再谈什么了，你不觉得吗？"

英格丽就像没听见一样。

"那我告诉她晚点给你回电话吗？"

"不用，明天上午再打更好，那时我会在办公室。现在我必须……出去。"

"那等她给你打电话时，你会跟她谈，是吗？"

"是，我保证。"

※

他收拾了两小时，一会儿弯腰，一会儿站着，一会儿抓东西，一会儿折东西，一会儿推，一会儿拉。最后，卧室总算收拾好了。

现在他本应该吃点东西的，只是他还不饿。

他坐在阳台上，点了一根烟。

突然，他意识到阳台的灯开着。这样，他坐在灯光下，那些人很容易瞄准他，而且，今晚格外黑，瞄准他就更容易了。虽然他告诉法齐奥他们肯定不会杀他的理由没有多少说服力，但他深信他们没有杀他的意图。他如此深信这一点，以至于他像往常一样，把手枪放到了车里的杂物箱。

不管一会儿发生什么，如果这些人真的决定向他开枪，他要怎样保护自己呢？像加鲁佐一样，开一枪后，冒着枪卡壳的危险，去跟三支卡拉什尼科夫冲锋枪硬碰吗？

那要听从法齐奥的建议，去警察局过夜吗？算了吧！

在他离开家出去吃饭，或到酒吧喝咖啡的此时此刻，他需要保护好自己，像通常戴着头盔的摩托车手一样，给自己身上加上几公斤铅的配重。

需要保镖吗？但是，事实充分证明，保镖从未成功避免杀人事件的发生。

如果有什么事会伴随发生的话，那就是死亡人数上升了：不只是被盯上的人，也包括两三个保镖。

这是不可避免的，因为任何接近你并想杀了你的人都明白自己要做什么，并且很有可能排练了数十次，而保镖所接受的训练是在反弹之际开火，也就是说，被攻击后开枪，因此他们是在防守而非进攻。所以，他们不知道正在接近的人有什么意图，几秒钟后，他们明白过来了，但已经太晚了：短短几秒钟，就可以决定袭击者和保镖谁生谁死。

简而言之，使用武器进攻的人比自卫的人脑子反应更灵敏。

警长感到紧张不安，这是不可否认的。

他紧张，但不害怕。

紧张之余，他也感到自己被严重冒犯了。

当他看到房子被翻得乱七八糟时，他首先感到的就是一种耻辱感，就像妇女被强奸之后的感受一样。当然，这种比较是站不住脚的，但他略微懂得了为什么被强奸的女人常常因此感到羞耻而不敢报告了。

他的房子，换句话说，他这个人被一个不认识的人凌辱了，这个人残忍地搜他的身,他整个人都被从里到外翻了一遍。事实上,他能与法齐奥谈论这件事的唯一方式就是假装开玩笑。他的东西被翻得乱糟糟的,这令他十分恼火,比房子被烧了还要生气。

之后又来了个令他恼火的电话,但并不是说话者的语调或最后的侮辱令他感到恼火。真正令他恼火的是,他觉得有人会认为他是那种向恐吓屈服的人,别人让他做什么他就做什么,就像一些名不见经传的小混混或毫无价值的混蛋一样。他曾经给过他们任何理由、任何行动或言语上的提示,竟然让他们产生这样的想法吗?

无论如何,这些人肯定不会停手。火急火燎的样子已经昭然若揭。

做你应该做的。

也许法齐奥是对的。发生在他身上的一切一定与利科的审判有些许联系。在重构事件时,警长提出把利科送到监狱,他记得当时有一个无法解决的薄弱环节。当然,利科的律师已经注意到这个弱点,并与库法罗讨论过了。那时,库法罗家族就开始采取行动了。

第二天早上,他要做的第一件事就是拿着利科的文件,重新读一遍。

电话响了,他让它一直响着。一分钟后,它不响了。如果他们正在外面监视他,他们会看到他正在从容不迫地处理事情,甚至电话响了都不起床去接。

困了的时候,他走回房间,让落地双扇玻璃门开着。这样,如果他们计划在夜间造访，就不用第三次破门而入了。

他走进卧室，躺在床上，刚准备钻进被窝，电话就响了。这一次他起来接了电话。

是利维娅。

"为什么第一次给你打电话你不接？"

"什么第一次？"

"大约一小时前。"

所以刚刚打电话的是她。

"也许我在洗澡，没听到。"

"你没事儿吧？"

"没事，你呢？"

"我很好。我想问你点事儿。"

所有女人都有问题问他，英格丽是第一个，利维娅是第二个。他给英格丽的回答一半都是谎言，他也要对利维娅这样吗？

他创造了一个新的谚语：一天撒百谎，众女远离我。

"继续。"

"未来几天你忙吗？"

"不太忙。"

"我真的很想去马里内拉和你一起待几天，我可以坐明天下午三点的飞机……"

"不要！"他这样大喊道。

"谢谢你！"利维娅停了一下说道。

然后，她挂了电话。

我的天啊！现在，他要怎么向她解释，他说"不要"是因为他害怕她也会陷入危险的境地，现在他都自身难保了。

如果那些家伙在利维娅和他在一起的时候闯进来，朝着两人的头部开枪，那会怎样？万一发生怎么办？不，绝对不能这样，这个时候让利维娅出现在房子附近简直糟糕极了。

他回拨了电话，他希望她不要接，但是，利维娅接了。

"我只是好奇而已。"

"好奇什么？"

"看看你能否解释刚刚说的'不要'。"

"我可以想象出你会多么不安，但是你一定要明白，利维娅，这些不是借口，你一定要相信我。事实就是，前几天，窃贼闯入我的房子三次，而我……"

利维娅开始狂笑。

这他妈的有什么好笑的？哼，你跟她讲窃贼随意进出你的房子，她一句安慰的话没说，反倒还认为这很滑稽？真有你的！他开始感到生气了。

"听着，利维娅，我并没看出什么……"

"窃贼闯入鼎鼎大名的蒙塔巴诺警长家！哈哈哈！"

"如果你能冷静一秒钟……"

"哈哈哈哈……咳咳！"

该怎么办？挂断电话？等着她？庆幸的是，她开始平静下来了。

"对不起，我觉得这太好笑了！"

如果全城的人知道这件事，他们的反应一定一模一样。

"我告诉你发生了什么吧！说来也怪，你知道的，今天下午他们又来了。"

"他们偷了什么？"

"什么也没偷。"

"没有？别藏着掖着了，告诉我吧！"

"三天前，英格丽来这里吃晚饭……"

他打住了，但已经太晚了，祸已从口出。

电话另一端，气压计一定已经发出了风暴正在形成的信号。自从两人关系恢复正常后，利维娅就一直处于嫉妒她的状态，她从来没有这样过。

"你从什么时候养成这种习惯的？"

"什么习惯？"

"你们两个人在马里内拉吃晚饭的习惯，还是在月夜吃的。话说，你在桌子上点蜡烛了吗？"

糟糕的谈话就此结束了。

※

由于那三个想要烧他房子的人，由于他接到的匿名电话，由于他与利维娅的争吵，他几乎没睡着，也就睡了大概二十分钟，而且还做了噩梦。醒来时，他晕晕乎乎的。他洗了半小时的澡，喝了半品脱浓咖啡，现在，他至少意识清醒些了，可以分清左右手了。

"我谁也不见！"当他经过坎塔雷拉警察局门前时说道。

坎塔雷拉向他跑去。

"你说你不在，意思是给你打电话的时候，你人不在，还是你本人一直都不在？"

"我不在这儿，听不懂吗？"

"对局长也要这样说吗？"

对于坎塔雷拉来说，局长只比上帝低一级。

"也不见！"

他走进办公室，锁上了门，大骂了半小时后，他发现了对贾科莫的调查文件。

他研究了两个小时，并做了笔记。

然后他打电话给检察官吉尔里佐，在对利科的审判中，吉尔里佐代表国家意志。

"我是蒙塔巴诺警长，我想和检察官吉尔里佐说话。"

"吉尔里佐博士在法院，一上午都有事。"一个女人接了电话。

"你能让他回来时打电话给我吗？谢谢。"

他把写着字的纸条放回口袋里，然后再次拿起听筒。

"坎塔雷拉，法齐奥在吗？"

"不在，警长。"

"奥杰洛呢？"

"在。"

"让他来我办公室。"

他记得他锁了门，于是站起来，打开门，发现米米·奥杰洛手里拿着一本杂志站在他面前。

"你为什么要把门反锁起来啊？"

仅仅因为你做了一件事情，别人就有权问你为什么要这样做吗？他讨厌这种问题。英格丽：你为什么不给拉凯莱回电话？利维娅：为什么你不接第一个电话？现在米米又问了这样的问题。

"这儿就我们两个人，米米，我想说，我脑子中有一半的想法是打算上吊的，但既然你在这里……"

"嗯，好吧，如果你执意要这样，顺便说一句，我支持你，无条件支持，如果你现在就想做，我立马离开，你继续。"

"来，坐吧。"

米米注意到桌子上利科的审判文件。

"你复习功课了吗？"

"复习了，你有什么消息吗？"

"有，这本杂志。"

他把它放在警长的桌子上。这是一个封皮光滑、价格昂贵的自筹出版双月刊。杂志的名称为《省》，副刊名是《艺术、体育和美容》。

蒙塔巴诺浏览了一遍，上面有业余画家画的恐怖的画作，这些画家认为自己至少可以与毕加索相提并论，上面还有一些内容肮脏的诗，上面有复姓女诗人的签名（省内的女诗人总这样做），上面也记录了某个叫蒙特鲁萨的人的日常琐事和丰功伟绩，这个人已成为加拿大某个小镇的副镇长。最后是体育栏目，至少有五页专门描写"赛维里奥·罗·杜卡和他的马"。

"都写了些什么？"

"很多废话，但你肯定对被偷的马的照片感兴趣，对不对？就是第三个。埃丝特曼夫人骑的是哪匹？"

"月光。"

"那就是第四。"

照片很大，都是彩色的，每张图片下面都有说明文字，写着马的名字。

为了看得更清楚，蒙塔巴诺从抽屉里拿出一个大放大镜。

"你看起来像福尔摩斯。"米米说。

"那么，你会成为华生吗？"

他看不出海滩上死去的马与图片上的马有什么区别。但他确实对马一无所知，唯一的解决办法就是给拉凯莱打电话，但他不想在米米在场的时候打。她会以为只有他自己在，会谈到一些非常私人的话题。

奥杰洛一离开，回到自己的办公室，警长就拨了拉凯莱的电话。

"我是蒙塔巴诺。"

"萨尔沃！你太可爱了！今天早上，我打电话给你，但他们说你不在。"

他忘了他曾答应过英格丽一定会给接拉凯莱的电话，他不得不撒另一个谎。他又造了一句谚语：小小撒个谎，烦恼不见了。

"我当时确实不在，但我一回来，有人就说你找我，于是我就给你打电话了。"

"我不想占用你的时间，关于调查，你有没有什么新发现？"

"哪个调查？"

"当然是我的马被杀的调查啦！"

"但我们从未对此进行任何调查，因为你从没有提交报告。"

"你不是……"拉凯莱失望地说道。

"没有。如果你想要有新的发现，你应该和蒙特鲁萨中心警局联系一下，罗·杜卡报告两匹马失窃。"

"我还想着……"

"对不起。听着，我只是碰巧看到这本杂志上面有罗·杜卡失窃的马的图片，这纯粹是偶然。"

"鲁迪？"

"对。我觉得鲁迪与我在海滩上看到的死去的马一模一样。"

"当然了，它们看起来很像，但也有不一样的地方。我的马，超级，举个例子来说，它身体左侧有一个奇怪的小斑点，形状有点像三角星。你看见了吗？"

"没有，因为它躺着的时候，有小斑点的那一侧着地。"

"这就是他们把它带走的原因，因为他们不知道这是我的超级。我越来越相信基基的话是对的了：他们想让他偃旗息鼓。"

"这是可能的。"

"听……"

"说吧。"

"我想……想跟你说话，我想去见你。"

"拉凯莱，你一定要相信我，我跟你说这儿很危险，不是撒谎。"

"但不吃饭也会死，不是吗？"

"嗯，是，但我吃饭的时候不喜欢说话。"

"吃完饭后，我就和你谈五分钟，我保证。今晚我们能见面吗？"

"我还不知道呢！这样吧，八点钟给我办公室打电话，到时候我会给你回复。"

※

他又拿起利科的文件，读了一遍，并写了一些笔记。他把指控利科的论据检查了两遍，像辩护律师一样阅读，之前他觉得不太充实的论据现在看起来不再像是织物上的轻微断裂，而是一个严重的法律漏洞。利科的朋友说的是对的，他需要坚定立场，只要他展现出一丝犹豫，律师就能抓住漏洞，这样利科在法庭上道歉一番就能侥幸过关了。

大概一点钟，他打算离开办公室去餐厅，这时，坎塔雷拉给他打电话了。

"打扰一下，请问，警长在不在？"

"谁找我？"

"检察官吉尔里佐。"

"让我和他说吧。"

"喂，蒙塔巴诺，我是吉尔里佐，你在找我？"

"是，谢谢。我想找你谈谈。"

"你能来我的办公室吗？等等……大约五点半？"

※

由于昨天他什么也没吃，今天他决定吃回来。

"恩佐，我今天胃口很好。"

"听到你这样说，我很开心，警长。我给你点些什么？"

"你知道我要说什么吗？我不知道吃什么。"

"那我来帮你选吧，警长。"

吃着吃着，他突然感觉一片薄薄的薄荷就足以使他胃口大开，就像巨蟒剧团的《人生的意义》一样，他觉得这部电影很有趣，但同时，他又觉得是因为自己太紧张，所以才吃这么多。

沿着码头散步半小时后，他回到办公室，但仍然感到心里发堵。法齐奥正在等他。

"昨晚有情况吗？"这是他问警长的第一个问题。

"没有。你干什么了？"

"我去了蒙特鲁萨医院，我整个上午都浪费了，大家什么都不想告诉我。"

"为什么呢？"

"隐私法，警长。除此之外，我还没得到书面授权。"

"所以你没有任何收获吗？"

"谁说的？"法齐奥说着，从他的口袋里掏出一张小纸条。

"你从哪儿得到这个信息的？"

"从我表弟的叔叔的表弟那儿得到的，我发现他也在医院工作。"

这个亲戚攀得可不近，都快要出国了。换句话说，根本算不上什么亲戚。虽然如此，但通常来说，在西西里，这是获取信息、加快官僚程序、找到失踪人员下落、为失业的儿子找份工作、少缴税、看免费电影，以及做许多不宜声张的事情的唯一方法。

12

"嗯，杰兰多·古雷理，出生于维加塔……"法齐奥开始读着小纸片上写的字。

蒙塔巴诺破口大骂，他站起来，身体前倾，一手把他手里的纸抢过来。法齐奥惊呆了，他把这张纸揉成一个小纸球，然后扔进废纸篓。法齐奥很喜欢这种冗长的办公室文风，而蒙塔巴诺却觉得这些内容很烦，每当他听到这些报告内容，他就想起《圣经》里错综复杂的家谱。

"我现在应该从哪儿说起呢？"法齐奥问。

"你可以告诉我你记得什么。"

"但是，当我说完了，我可以把我的纸拿回来吗？"

"好。"

法齐奥似乎放心了。

"古雷理四十六岁，与那个谁结婚了，现在我记不清了，我都写在那张纸上了。他住在维加塔镇尼科特拉大街38号。"

"法齐奥，我再跟你说最后一次：不重要的统计资料可以不说！"

"好的好的。古雷理于2003年2月初在蒙特鲁萨医院接受治疗。我记不清准确日期了，因为我把它写在……"

"他妈的准确日期！你要敢再说一次你把东西写在纸上了，我就从废纸篓里把那张小纸拿出来，让你吃了！"

"好的好的！古雷理失去意识，被一个人带了进来，这个家伙的名字我忘了，我记在……"

"我抽你！"

"对不起，这些话总是不经意间就说出来了。这个家伙和古雷理在罗·杜卡的马房工作。他说，古雷理不小心撞到了用来插马房的门闩，闩很沉。我长话短说好了，医生不得不在他的头骨上钻个洞，或其他类似的手术，因为有一个巨大的血块在压迫他的大脑。手术成功了，但古雷理残废了。"

"怎么会这样？"

"自此后，他的记忆力开始丧失，拼写越来越差，经常突然发火，类似这样的表现吧。有人告诉我说，罗·杜卡带他接受专门治疗，但很难说病情是否真的有所好转。"

"事实上，如果病情有变化的话，那也是越来越糟，罗·杜卡是这么说的。"

"这是从医院的角度来说的，还有其他方面的原因。"

"比如？"

"在给罗·杜卡工作前，古雷理蹲过几年监狱。"

"哦，是吗？"

"我敢打赌，他犯的是盗窃和谋杀未遂罪。"

"不错！"

"今天下午，我要试着调查一下，看看城里的人怎么说他。"

"好，去吧。"

"对不起，警长，我能拿回我的小纸条吗？"

※

四点半，警长前往蒙特鲁萨。他在路上大概开了十分钟，听到后面有人按喇叭，蒙塔巴诺在路边停车，让这个人过去，但这个人也慢下来，在他旁边停下来，说：

"你车胎没气了。"

天啊！现在他要怎么办？他自己换车胎从来没成功过！幸运的是，这时他发现了一辆宪兵车路过。他抬起左臂，向这辆车招手，它在路边停了下来。

"你需要什么帮助吗？"

"需要，谢谢，非常非常感谢。我的名字是加鲁佐，贸易调查员。您要是能帮我换一下车子后面左侧的轮胎……"

"你不知道怎么换吗？"

"我知道怎么换，但不幸的是，我的右胳膊使不上劲，重的东西我举不起来。"

"我们帮你搞定。"

※

到达吉尔里佐的办公室时，他晚了十分钟。

"对不起我迟到了，检察官，这交通……"

四十岁的尼古拉·吉尔里佐是蒙特鲁萨市的公共检察官，他是个大块头，身高近六英尺五英寸，宽度也差不多。当他和别人说话时，喜欢在房间里走来走去。一分钟内，他会不断地撞到椅子，下一分钟，撞到开着的窗户，再下一分钟，就是自己的办公桌。他总撞到东西，并不是因为他视力不好或者心不在焉，仅仅是因为他块头太大，对他来说，一般大小的办公室根本装不下他，他待在这样的房子里，就像是一头大象装在了电话亭里。

警长解释造访的原因后，检察官沉默了一分钟。然后他说：

"我觉得你有点晚了。"

"晚什么了？"

"找我讲你不确定的事情的时间晚了。"

"但是，你看……"

"就算你是来跟我说你绝对肯定的事，你也来得太晚了。"

"但为什么？我可以问问吗？"

"因为现在需要写的所有东西都已经写好了。"

"但我是来说的，不用写。"

"都是一样的，什么都于事无补。随着审判的进行，一定会有新的重大发现，但发现的时候才会发现。明白了吗？"

"当然了！而且，事实上，我是来告诉您……"

吉尔里佐抬起手阻止了他。

"关于其他的事情，我觉得你阐述的方式非常不好，不要忘了，你也是一个目击者，除非另有证明。"

是的，蒙塔巴诺忍气吞声了。他站了起来，微微有些生气，他出尽了洋相。

"好，那么……"

"你在干什么？离开？你难过吗？"

"不，但……"

"坐下。"检察官说道。他撞到了门上，刚才门是开着的。

警长坐下了。

"我们可以用一种纯粹的理论模式说话吗？"吉尔里佐问。

什么是"理论模式"？由于没有选择余地，蒙塔巴诺同意了。

"好吧。"

"所以，刚说过要用'理论模式'，从理论上说，或从修辞上说，意思就是，我们假设这是某个警长的案件，我们之后称这个警长为马丁内斯……"

蒙塔巴诺不喜欢检察官给他起的名字。

"我们不能给他叫个别的名字吗？"

"细节不重要！不过，如果你这么在乎这个名字，你可以想一个你喜欢的。"

吉尔里佐十分生气，撞到了一个文件柜上。

迪·安杰蓝托尼奥？德·古贝纳帝斯？菲利帕洛？科森蒂诺？阿多玛迪斯？警长想到的名字都不太好，所以他放弃了。

"好吧，我们就叫马丁内斯。"

"那我们假设这个马丁内斯一直在调查，嗯……调查一个人，我们叫他萨利纳斯……"

为什么这个吉尔里佐这么痴迷于西班牙名字？

"萨利纳斯这个名字行吗？……他被指控向一个店主开了一枪，等等……他意识到，等等……他意识到这个案子有一个薄弱的环节，等等……”

"打扰一下，谁意识到这个案子有一个薄弱环节？"蒙塔巴诺问道，他的脑子萦绕的都是'等等'这个词。

"马丁内斯，不是，店主，我们就叫他……"

"阿尔瓦雷斯·卡斯蒂略。"蒙塔巴诺迅速答道。

吉尔里佐看起来有点疑惑。

"名字太长了，我们简单点儿，叫他阿尔瓦雷斯吧。这个店主阿尔瓦雷斯竟然对外说瞎话，称萨利纳斯不是向他开枪的人，现在能跟上我说的话吗？"

"我跟着呢。"

"还有，萨利纳斯声称他有不在场的证据，但是，他不想告诉马丁内斯，所以马丁内斯按照自己的思路一直查下去，他坚持认为萨利纳斯之所以不想透露他不在场证明，是因为他根本就没有。我讲得清楚吗？"

"很清楚，不过，我，我是说，马丁内斯开始怀疑，如果萨利纳斯真的有不在场证明，并在庭审时拿出来，那会怎样？"

"但是，相关人员已经确认逮捕并绳之以法了！"吉尔里佐说道。他在地毯上绊倒了，差点就倒在警长身上，当时，警长十分害怕自己被这个罗得岛巨像压死。

"那么，他们怎么解决这个问题的？"

"三个月前开展了补充调查。"

"但我从来没……"

"马丁内斯没有分到这个任务，因为他的分内任务已经完成。

最后，结论就是：显然，萨利纳斯的不在场证明是一个女人，也就是他的情人。阿尔瓦雷斯被枪击的时候，她陪在他身边。"

"对不起，但是如果……我是说，如果萨利纳斯真有不在场证明，那就意味着审判结果将……"

"有罪！"吉尔里佐说。

"为什么？"

"因为萨利纳斯的律师决定拿出这个证据时，控方就知道如何把它销毁了，而且，辩方并不知道控方已经知道这个可以证明他不在犯罪现场的女人的名字。"

"可以告诉我她是谁吗？"

"你？但是，蒙塔巴诺警长，你与这件事没有任何关系！如果有的话，那应该是马丁内斯在问这个问题。"

他坐下来，在纸上写了一些东西，然后站起来，向蒙塔巴诺伸出手，蒙塔巴诺困惑不已，与他握了握手。

检察官说："很高兴和你谈话，咱们庭审时见。"

他起身要离开，但撞在了半关着的门上，把一半的门撞得脱离合页，他就这样走了出去。

警长惊呆了，他低下身子看了看桌子上的那张纸，上面有一个名字：康塞塔·西拉古萨。

※

他立即出发回到维加塔镇的警察局。这时，他看见了坎塔雷拉，于是对他说：

"给法齐奥打电话。"

他还没来得及坐下，电话铃就响了。

"有什么吩咐，警长？"

"放下你手头的一切事情，马上来这里。"

"我就在路上。"

现在很明显，他和法齐奥的调查方向错了。

根据吉尔里佐的指示，查找利科不在场证明的任务没有交给蒙塔巴诺，那一定是交给宪兵队了。同样可以肯定的是，库法罗已经知道有穿黑衣服的在展开调查了。

也就是说，无论他在法庭上怎样表现，都几乎不会改变审判的结果。

因此，洗劫房子、试图纵火、匿名电话，这些与利科的案子无关。那么，他们到底想从他身上得到什么呢？

※

法齐奥静静地听警长讲述他与吉尔里佐聊天后得出的结论。

"也许你是对的。"他最后说道。

"没有'也许'。"

"我们得等等看，看他们纵火失败后下一步行动是什么。"

蒙塔巴诺敲了一下他的额头。

"他们已经采取行动了！我忘了告诉你了！"

"他们做了什么？"

"我接到一个匿名电话。"

他又把刚说的话向法齐奥说了一遍。

"问题是，你不知道他们想要你做什么。"

"我们祈祷他们下一步行动，正如你说的那样，祈祷他们的下一步行动能给我们一点启发。古雷理这儿有没有什么新进展？"

"有，但是……"

"但是什么？"

"我还需要点儿时间，我想确认一下。"

"不管是真是假，告诉我吧。"

"显然，大概三个月前，他被招走了。"

"被谁？"

"库法罗，而且，他们让古雷理接手了利科的活。"

"大约三个月前，你说？"

"是，这很重要吗？"

"我还不知道，但许多事情都跟三个月有关。三个月前，古雷理离开了家；三个月前，咱们知道了利科情妇的名字，她能证明利科不在场；三个月前，古雷理被库法罗招走……别的我就不知道了。"

法齐奥站起来说道："如果你没别的要告诉我的话，我就回去了，我要跟一位女士谈话，这位女士是古雷理妻子的邻居，古雷理的妻子对她恨之入骨。她就要告诉我一些东西了，但是你给我打电话了，所以，我不得不撂下这件事来找你。"

"她已经告诉你什么了吗？"

"是的，她说康塞塔·西拉古萨前几个月……"

蒙塔巴诺跳了起来，眼睛睁得圆圆的。

"你说什么？"

法齐奥感到很害怕。

"我该说什么，警长？"

"再说一遍刚说的！"

"那个康塞塔·西拉古萨，就是古雷理的妻子……"

"真他妈的贱！"警长说，然后一屁股坐回椅子上。

"警长，你这样说话，我很害怕！你说谁贱？"

"等等，我整理一下思路。"

他点了一根烟，法齐奥站起身，关上了门。

警长说："一开始，我想知道一些事情，之后，你跟我说，那个女邻居告诉你，前几个月，古雷理的妻子……我就是在这儿打断你的，现在你继续讲吧。"

"这个女邻居跟我说，最近古雷理的妻子好像很害怕看见自己的影子，这已经有一段时间了。"

"你想知道持续多长时间了吗？"

"当然想，你知道吗？"

"三个月，法齐奥，准确来说，刚好三个月。"

"但是你是怎么知道康塞塔·西拉古萨的这些事情的？"

"我什么也不知道，但我很容易就想到这些了。现在，我就告诉你这一切是怎么回事。三个月前，库法罗那边有人去找古雷理了，古雷理是个三流的骗子，这个人让古雷理加入他那一伙。古雷理不信这个人说的话，对他来说，这就相当于自己苦苦寻觅工作多年，突然好运降临，来了个永久工作合同。"

"但等一下，如果可以的话。像古雷理这样的人对库法罗能

150

有什么用呢？你知道的，古雷理智商实在是让人得急死啊！"

"我这就讲到了。不过，库法罗向古雷理提出了一个相当苛刻的条件。"

"是什么？"

"他的妻子康塞塔·西拉古萨为利科作证，证明他不在犯罪现场。"

这一次，反倒是法齐奥震惊了。

"谁告诉你西拉古萨是利科的情妇了？"

"吉尔里佐说的，但他没告诉我她的名字，他把名字写在一张纸上，假装把它落在桌子上了。"

"但这是什么意思？"

"意思就是库法罗想要的不是古雷理，而是他的妻子。古雷理的妻子要被迫作伪证，她吓坏了，而且，库法罗还告诉古雷理，他最好离开家，他们会给他找个安全的地方住下来。"

他又点了一根烟，法齐奥站起来去开窗户。

"而且，现在古雷理感觉自己背后有强大的库法罗家族给他撑腰，所以他仍一心想着要报复罗·杜卡。既然有库法罗的帮助，我们就可以知道这匹马是库法罗而不是像古雷理那样的蠢蛋杀的，所以，最后的结论就是：三个月前，利科就有了他不在场的证据，在此之前并没有；还有，古雷理的仇报了，从此他们过上了幸福的生活。"

"那我们……"

"那我们再好好思考一下你知道的这些，但我要跟你讲另外一件事。"蒙塔巴诺继续说道。

"说吧。"

"在某一个角度来看，利科的律师们会称古雷理为证人，我敢打赌，他们会想方设法让他在法庭发言。古雷理发誓，他从一开始就知道妻子是利科的情妇，他认为此事很恶心，这就是他离开家的原因，因为他受够了与康塞塔天天吵架的日子，康塞塔天天哭，念叨着酒吧里的情人。"

"嗯，如果是这样的话……"

"如果不是这样，那可能是什么呢？"

"也许你最好还是找吉尔里佐去吧。"

"找他干什么？"

"把你刚跟我说的告诉他。"

"我不会回那儿的，就算你拿枪指着我的头，我也不会回去的……首先，他跟我说了，他说我去跟他谈不合适。其次，他把补充调查的任务交给宪兵队了。你现在赶快回去，跟康塞塔的邻居谈话吧。"

※

八点的钟声敲响了，这时，电话响了。

"警长，是埃丝特曼女士。"

他们的约会！他完全忘记了这一点！现在他要干什么？应该打还是不打？他拿起电话，仍然犹豫不决。

"萨尔沃？我是拉凯莱，你的事情都处理完了吗？"

她的声音里带着一种轻微的讽刺意味，这令他感到十分恼怒。

"我还没有呢。"

你想要了解我吗？那就是自作自受。

"你能想办法出来吗？"

"嗯，我不知道，也许大概一小时后……不过，那时候你再出去吃饭可能就晚了。"

他原本希望她会说，如果这样，那就改天晚上再约，但是，拉凯莱没这样说，她说：

"好的，没问题。如果不得已的话，半夜再吃也没关系。"

哦，天啊！接下来一个小时，他办公室什么事也没有了，他要怎样度过这无聊的一小时？为什么他要玩欲擒故纵？最重要的是，他很饿，快要饿死了。

"等等，你能稍等一下吗？"

"当然可以。"

他把电话听筒放在桌子上，站起来，走到窗前，假装大声对某人说话："你什么意思？你找不到？推迟到明天早上？好的。"

他转身回到办公桌，愣住了。站在门口的是正看着自己的坎塔雷拉，表情中透露着对蒙塔巴诺的关心，但也有一丝恐惧。

"你还好吗，警长？"

蒙塔巴诺什么也没说，他伸出一只胳膊，示意他立即离开。于是，坎塔雷拉离开了。

"拉凯莱吗？幸运的是，我现在没事了，我们应该在哪儿见面？"

"你想在哪儿就在哪儿。"

“你有车吗？”

“英格丽把她的车借给我了。”

英格丽是有多希望他赶快与拉凯莱见面啊！“为什么？她不用吗？”

“不，她朋友会去接她，一会儿就送她回家。”

他告诉她见面地点。在离开房间前，他拿上米米·奥杰洛给他带来的杂志。如果他们的谈话突然发生了什么不利的情形，这本杂志可以帮助他控制拉凯莱。

13

他来到马里内拉酒吧，在停车场他找不到英格丽的车。显然，拉凯莱迟到了。她可不像英格丽那样有着瑞士人一般的分秒不差。他犹豫不决，应该在外面等还是进酒吧等？不可否认，这次见面他心里有点不安。事实是，五十六年来，他从未先做爱（托马塞奥检察官称之为"性关系"）后约会，尤其是之前并不认识的情况。他不想给她回电话的真正原因是，他觉得和她说话很尴尬。向这个女人表现出自己不真实的一面，他不但感到尴尬，还有点羞愧。

他应该对她说什么？他应该做什么？他应该摆出什么样的表情？为了给自己壮胆，他下了车，进了大楼，来到酒吧，向酒保皮诺点了一瓶威士忌。

他刚喝完酒，皮诺的脸就出现在他眼前。皮诺盯着门口看，张着嘴，一动不动，就像圣诞节马槽模型里的傻瓜拉维一样，一只手拿着酒杯，另一只拿着擦碟子的毛巾。

警长转过身来，拉凯莱刚刚走进来。她穿得很优雅，优雅得可怕，但她美丽的容颜更可怕。她的存在仿佛点亮了整间酒吧。皮诺被她的美艳惊到了，他呆呆站着，无法移动。

警长上前迎接她，她表现得非常淑女。

"你好。"她微笑着对他说道。她蓝色的眼睛闪闪发光，眼神里流露着见到他的欣喜。

"我来了。"

她没有去亲他，也没有伸出脸颊让他亲。

蒙塔巴诺内心充满感恩之情，立刻感到安心了。

"要喝开胃酒吗？"

"还是不要了吧。"

蒙塔巴诺忘了付威士忌的钱了，皮诺还在呆呆地站着，沉浸在拉凯莱的美貌中。在停车场，拉凯莱问道："你决定去哪儿了吗？"

"决定了，去蒙特利勒·马里纳。"

"那是去菲亚卡的路，不是吗？我们开你的车还是英格丽的车？"

"我们开英格丽的车。你能开会儿车吗？我有点累了。"

这不是真的，但他确实感觉到威士忌的作用了，就那么两手指深的威士忌怎么可能让他的头晕乎乎的呢？也许是威士忌和拉凯莱摄人心魄的美共同起了作用？

他们出发了。拉凯莱对自己的开车技术很自信，虽然速度很快，但可以保持匀速前进。十分钟后，他们到达了蒙特利勒。

"现在，告诉我怎么走吧。"她说。

突然，刚刚那种眩晕感又上来了，警长也忘了怎么走了。

"我觉得你得向右转。"

"右边是没有铺过的土路，走到头是一个农场。"

"然后转过来，走左边的路。"

"这条路也不对，因为路的尽头是农民合作社的仓库。"

"也许我们得直走。"拉凯莱总结道。

事实证明，确实应该直走。又过了十分钟后，他们围坐在餐厅的一张桌子旁，警长之前在这儿吃过好几次，每次在这儿吃饭，他都感觉不错。

他们选择了凉亭的桌子，就在沙滩边缘。从这儿开始，大概走三十步就到大海了，放眼望去，他可以看到海水轻轻拍打海岸，但很明显，海水就像个懒洋洋的孩子一样，一点也不想动。星星出来了，天空没有云彩。

另一张桌子上坐着两个约五十岁的男人。拉凯莱的眼神十分具有杀伤力，其中一个就被她的眼神秒杀了，那个男人喝着喝着酒，突然噎住了，差点儿噎死，他的朋友一个劲儿地敲他的背，最后这个人终于没事了。

"他们这儿的白葡萄酒也是很好的开胃酒……"蒙塔巴诺说。

"如果你跟我一起喝就好了。"

"我当然会了！你饿了吗？"

"从蒙特鲁萨到马里内拉的路上不饿，但现在我饿了，一定是海洋的空气刺激了我的味蕾。"

"很高兴能来到这里。说实话，以前我总是因为一些女人吃饭晚，这些人不敢吃饭，因为她们害怕长……"

他停了一会儿。为什么他突然这么自信地和拉凯莱说话了？发生什么事了？

"我从来没有跟风节食，"拉凯莱说。"到目前为止，至少现在，我没必要节食，真幸运。"

服务员上了酒，他们喝了第一杯酒。

"感觉真好。"拉凯莱说。

一对大概三十岁的夫妇走进来，环顾四周，看看还有没有空桌子。但是，这个女人看到老公正盯着拉凯莱看，她立马挎着他的胳膊，把他带到里屋。

服务员再次出现，把杯子倒满，问他们想吃什么。

"你想先上头盘还是前菜？"

"这个和这个有什么不同吗？"拉凯莱一道菜一道菜地问。

蒙塔巴诺说："他们这儿有十五种前菜。我全都诚挚推荐。"

"十五种？"

"也许更多。"

"好吧，要个开胃菜。"

"要什么主菜？"服务员问道。

"一会儿再说吧。"蒙塔巴诺说。

"还要一瓶酒吗，就着开胃菜喝？"

"我觉得你应该要。"

几分钟之后，整张桌子摆满了菜，连放一根针的地方都没了。

小虾、大虾、鱿鱼、烟熏金枪鱼、油炸小银鱼、海胆、贻贝、蛤蜊、椒盐酸柠小章鱼、菜花番茄酱炖小章鱼、炸小鱿鱼、橘皮香芹拌鱿鱼和乌贼、凤尾鱼刺山柑花蕾卷、小鸣禽沙丁鱼、箭鱼生鱼片……

他们吃饭时完全陷入沉默中，偶尔会瞥对方一眼，表达对食物的喜爱，但当凤尾鱼刺山柑花蕾卷上桌时，这种沉默被打破了。

拉凯莱问："有什么问题吗？"

蒙塔巴诺感觉自己脸红了，说道："没什么。"

前几分钟，他一直在看着她吃饭，她的嘴巴一张一合，她把叉子放进嘴里，瞬间他感觉她的两颊就像猫一样，粉扑扑的，充满了亲密感。她把叉子从嘴里抽出来，叉子上没有任何食物，但她洁白闪耀的牙齿仍然咬着叉子。当她咀嚼时，嘴唇微微移动，还带着点节奏。光看到她的嘴巴就会让人说不出话来。突然，蒙塔巴诺记起在菲亚卡的那个晚上，当时，在微弱的烟头光亮下，她的嘴唇显得格外迷人，他就像被施了魔法一样，深深被她给迷住了。

他们吃完开胃菜后，拉凯莱说："感谢上帝！"然后，她叹了口气。

"都还好吧？"

"好极了。"

服务员过来收拾桌子。

"你想要什么主菜？"

"一会儿再点不行吗？"拉凯莱问。

"当然可以。"

服务员走开了，拉凯莱保持沉默，然后，她一下子抓起香烟和打火机，站起身来，下了两个台阶，她的脚和腿动了动，脱了鞋，朝大海走去。当她到达水边时，她停下来，让海洋亲吻着她的脚。

她没让蒙塔巴诺跟着她，就像在菲亚卡那个晚上一样，警长一直坐在桌子旁边，大约十分钟后，他看到她回来了。在上这两个台阶之前，她先把鞋子蹬上了。

她坐在蒙塔巴诺面前，蒙塔巴诺感觉她蓝色的眼睛比平时还要亮一些。拉凯莱看着他，笑了起来。

这时，一滴眼泪从左眼夺眶而出，并在脸颊滚落。

"我觉得眼睛一定是进沙子了。"拉凯莱说道。很明显，她在说谎。

服务员又过来了，阴魂不散似的，很招人烦。

"这位女士决定了吗？"

"你这儿有什么？"蒙塔巴诺问道。

"我们这儿有炸鱼拼盘、烤鱼、箭鱼，各式各样，随你挑选，还有白葡萄酒干蒜酱鲻鱼……"

"我只想要沙拉，"拉凯莱说。然后转向警长，对他说："对不起，我什么也吃不下了。"

"没关系，我也要一份沙拉，但是……"

"但是？"服务员说。

"放上一些青橄榄、黑橄榄、香芹、胡萝卜、刺山柑花蕾，只要是厨师能想到的可以加的东西，都给我来点儿。"

"我也是，"拉凯莱说，"你还想要一瓶酒吗？"

"还剩两杯酒，一人一杯，够喝了。"

"对我来说，够了。"她说。

蒙塔巴诺摆了个不要的姿势，服务员离开了，也许因为他们一个菜也没点而略感到失望。

"我为几分钟前的事情道歉！"拉凯莱说。"我很抱歉什么也没说就离开了，只是……我不想在你面前哭。"

蒙塔巴诺没有开口说话。

"有时候我会这样，"她继续说道，"但很不幸，这不常发生。"

"你为什么说'不幸'？"

"你知道的，萨尔沃，当一件坏事或悲伤的事发生时，我很难哭出来，这些悲伤的情绪就这样积在心里，我就是这样的一个人。"

"我在警察局看到你哭了。"

"那是我生命中第二次哭，或者第三次吧。不过，奇怪的是，我经常在某种情绪下情不自禁地哭起来……嗯，不是在幸福的时候，这个词太大了，更准确地说，应该是在我内心很平静的时候，当所有的困难都解决了的时候，所有……但是，够了，不讲了，我不想再让我心里的事打扰到你。"

这一次，蒙塔巴诺什么也没说。

但他想知道拉凯莱内心到底住着多少个拉凯莱。

他在警察局第一次见到她时，她是一个聪明、理性的女人，很会讽刺，也很矜持。他在菲亚卡见到的她是一个头脑清晰，已经获得了一切的女人；但她很快又放下一切，抛开一切，失去了原有的理智和矜持。现在坐在他面前的是一个软弱的女人，她在用一种迂回的方式向他诉说，内心平静对她而言是多么难得。

另一方面，他对女性到底又了解多少呢？

"交往过的女性名单。"这个名单糟透了：利维娅之前的一个女人；利维娅；还有一个二十岁的女孩，他甚至连她的名字都不想提；现在是拉凯莱。

那英格丽呢？英格丽是另外一回事。在他们的关系中，大部分是友情，谈不上爱情。

当然，他在调查中遇到了很多女性，但她们都是极特殊境遇下的点头之交，她们都很做作，不愿表现出真实的自己。

服务员端来了沙拉。沙拉刺激着他的舌头、味蕾，还有他的大脑。

"要点威士忌吗？"

"为什么不呢？"

他们点了酒水，点完后不久就送过来了。现在该讨论拉凯莱最关心的事情了。

"我带了一本杂志，但把它落在车上了。"蒙塔巴诺开始说。

"什么杂志？"

"有罗·杜卡那匹马的照片的那本杂志，我和你在电话里提到过。"

"哦。我觉得我跟你说过，我的马身子侧面有一个长得像星星的白点。可怜的超级啊！"

"你是怎样对马如此有感情的？"

"我父亲教我的，我想你应该不知道吧。我当年可是欧洲马术全赛冠军。"

蒙塔巴诺目瞪口呆。"真的吗？"

"是的，我曾两次赢得锡耶纳广场的比赛，我在马德里赢过比赛，也在隆加姆赢过比赛……这些都是过去的辉煌了。"

短暂地安静了一会儿。这时，蒙塔巴诺决定摊牌。"你为什么如此坚持要见我？"

她吓了一跳，也许是因为这个问题问得太直接，让她觉得出乎意料。然后，她坐直身子，蒙塔巴诺明白，现在的拉凯莱才是他在警察局第一次见到的那个拉凯莱。

"有两个原因。第一个，严格来说，是私人原因。"

"告诉我吧。"

"因为我认为，我离开之后，我们就不会再见面，所以，我想解释一下那天晚上在菲亚卡发生的事情，以免我在你记忆中留下一种扭曲的形象。"

"没有必要解释。"蒙塔巴诺说，突然再次感到不舒服。

"有必要。英格丽很懂我，她本应该警告你我……嗯……我不知道应该怎么说……"

"如果你不知道怎么说，那就别说了。"

"如果我喜欢一个男人，我的意思是说，如果我真的喜欢一个男人，从内心深处喜欢，当然，这种事情不会经常发生在我身上，我忍不住，但是……我以其他女性达到高潮时的表现方式和他发生关系。我不知道是否我……"

"你已经说得很清楚了。"

"之后，有两件事可以发生。要么我不再想打听这个人的任何消息，甚至都不想听到别人提及，要么尽可能试着让他像朋友或情人一样靠近我……当我说我很享受你时，顺便说一下，英格丽跟我说，你听到这句话很不高兴。当时，我指的不是我们之间刚发生的事，而是指享受你这个人，你的行为方式……简而言之，指的是作为一个男人的整体的你。我知道你理解错了我说的话。但是，我没喜欢错人，因为你正在给我这样一个美妙的夜晚，说完了。"

"那第二个原因呢？"

"与被盗的马有关，但是我想了又想，我也不确定有没有必要跟你谈论这件事情。"

"为什么不呢？"

"因为你说，你不负责这个案子，所以我不想跟你谈你的分外之事，这可能会打扰到你。你本来事情就够多了。"

"不管怎样，如果愿意的话，你可以跟我谈。"

"有一天，我和基基一起去马场，我们撞上了兽医，当时他正在那里做例行检查。"

"他叫什么名字？"

"马里奥·安扎隆，人很好。"

"我不认识他，那发生了什么事？"

"嗯，当兽医和罗·杜卡说话的时候，兽医说他不明白为什么盗贼会偷鲁迪而不是月光，在菲亚卡的比赛上，我骑的就是这匹月光。"

"为什么？"

"他说，如果马贼中有一个这方面的专家，他一定会偷月光而不是鲁迪。首先，月光的马种比鲁迪好；其次，很明显，鲁迪已经生病了，而且是不好治的病。其实，正是因为它生了重病，他曾亲自建议让它安乐死，以减少它的苦楚。"

"罗·杜卡怎么反应？你注意到了吗？"

"我注意到了，当时他说他十分喜欢那匹马。"

"那匹马得了什么病？"

"病毒性动脉炎，就是动脉壁上发生了病变。"

"所以，这些偷马贼就好比是溜进豪华车展，偷了一辆看起来很值钱的车，结果是一辆报废的菲亚特 500。"

"大概是这样。"

"这种病传染吗？"

"嗯，传染。其实骑马回来的时候，我就对基基不满意。我说，这算什么？你说，你很高兴把我的马放在你这儿，却放在一匹得了传染病的马边上？"

"在其他时候，你一般会寄存在哪儿？"

"菲亚卡的皮斯科波男爵那儿。"

"罗·杜卡怎么为自己辩护的？"

"他说，那匹马的病情已经过了传染期。他还说，如果我想要确认的话（这样做完全没有意义），我可以给兽医打电话，兽医可以给他背书。"

"但是，这匹马就快死了。"

"对。"

"那么为什么还要偷它呢？"

"这就是我想见你的原因，我问了自己同样的问题。最后，我得出结论，而这个结论与基基在菲亚卡告诉你的情况矛盾。"

"结论是？"

"结论就是，他们想偷走并杀害的只是我的马，而且，由于鲁迪长得几乎和超级一模一样，他们弄不清楚哪一匹是我的，所以就都偷走了。他们想要让基基难堪，他们的目的确实达到了。"

这个假设他们在警察局就已经考虑到了。

"你看昨天的报纸了吗？"拉凯莱继续问道。

"没有。"

"《西西里岛信使报》用超大篇幅报道了两匹马被盗的案子，记者似乎不知道我的马被杀死了。"

"他们怎么可能知道呢？"

"但是，菲亚卡每个人都看到我骑的不是自己的马。当然，有些人可能会有一些疑问。超级是一匹赢过很多重大比赛的马，它在马术圈里非常有名。"

"你一直骑着它吗？"

拉凯莱笑了起来。

"我倒希望呢！"

然后她停下来，问道：

"告诉我：你有没有看过正规的马赛或马术表演？"

"菲亚卡是第一次。"

"你是足球迷吗？"

"国家队打的时候，我通常会看几场，但是我更喜欢看 F1 赛车，也许是因为我车技一直都很烂吧。"

"但英格丽告诉我，你经常游泳。"

"是的，但不是专业的那种。"

他们喝完了他们的威士忌。

"罗·杜卡在蒙特鲁萨中心警局询问调查进展了吗？"

"问了，他们说没有。我估计以后也不会有了。"

"这很难说，还要威士忌吗？"

"不用了，谢谢。"

"那你想做什么？"

"如果你不介意的话，我想回家了。"

"困了吗？"

"没有，我只想窝在床上，细细回忆一下今天晚上发生的事情。"

当他们在马里内拉酒吧的停车场告别时，他们都很自然地拥抱、亲吻。

"你还会多待几天吗？"

"再待三天，至少。明天我会打电话跟你告别，可以吗？"

"当然可以。"

14

当他睁开眼睛时，天已经大亮了，但是那天早晨，他不想闭上眼睛，抗拒新一天的到来，也许是因为他昨晚睡得很好。从睡着直到醒来，他一次都没有醒过。最近一段时间里，这样好的睡眠很少见。

他一直躺在床上，看着光影不断变化。阳光穿过百叶窗的格栅，照射到天花板上，他看到一个男人走在沙滩上，轮廓就像贾科梅蒂的雕塑一样，仿佛由交织的纱线组成。

他记得他小的时候，怎样可以在一个小时之内不合眼地盯着叔叔给他买的万花筒，他就像着了魔一样，被不断变化的形状和颜色深深吸引。叔叔还给他买过一支锡制左轮手枪，子弹是小帽塞，深红色的条带上有一些黑色的圆点，子弹在捶击之下射出，发出砰砰砰的声音。

这个记忆让他想起了加鲁佐和那两个试图烧他房子的盗贼之间的枪战。

他想到那些人，觉得很奇怪。他们想要他的东西，但没说要什么，他们什么也没做，就这样白白浪费二十四小时。他们当时是那么迫不及待。现在怎么突然又把套在自己脖子上的绳索就这么放开了呢？

正在扪心自问的时候，他大笑了起来。因为之前他从未想到过这或许与马的事情有关。

是因为他正在调查这个案子，还是因为在他内心深处，他还想着和拉凯莱一起度过的那个夜晚？

毫无疑问，拉凯莱，就是这个女人……

电话响了。

蒙塔巴诺从床上跳起来，一大半是想立马就忘了拉凯莱的事，而不是急于接电话。

当时六点三十分。

"喂，警长！我是……坎塔雷拉！"

警长感觉他的声音像消防警报。

"对不起，你是哪位？"他故意捏着嗓子说。

"我是坎塔雷拉，警长！"

"这是 2373 号消防局。如果你想和消防长官说话，您得打电话给火警，当然要在正常工作时间内。"

"哦，我的天啊！我一定打错电话了，对不起，先生！"

他立马就回拨了电话。

"你好！是消防局 3723 吗？"

"不，坎塔，我是蒙塔巴诺，等一下，我帮你查一下消防局的号码。"

"不，不，警长，我不想要消防站电话！"

"那你为什么要给他们打电话呢？"

"我没想打，对不起，警长，我很困惑，我想把电话挂了。重新打！"

"好吧。"

他第三次拨了电话。

"是你吗，警长？"

"是我。"

"唔，你还睡着呢吗？"

"不，我正在跳吉特巴舞。"

"真的吗？你知道怎么跳？"

"坎塔，就告诉我发生什么了就行了。"

"他们发现了一具尸体。"

没错，如果坎塔雷拉在破晓时打电话，这一定意味着早晨有死亡事件发生。

"男的还是女的？"

"呃，应该是男的。"

"他们在哪里找到的？"

"在斯宾诺莎区。"

"那是哪儿？"

"不知道，警长，但加洛正在赶过去的路上。"

"哪儿？去看尸体吗？"

"不，警长，他是赶往……你家了，他将带上你一起去……现场，也就是斯宾诺莎区。"

"让奥杰洛去不可以吗？"

"不行，警长，当我打电话的……时候，他妻子说……他不在家。"

"但他没手机吗？"

"他有，但关机了。"

米米早上六点就出门了？！显然他现在睡得像婴儿一样香，他让贝巴撒谎了。

"那法齐奥在哪里？"

"他和加鲁佐去刚说的那个地方了。"

※

当加洛敲门时，警长正在刮胡子，脸上全是剃须膏。

"进来吧，我五分钟就好，这个斯宾诺莎区究竟在哪儿？"

"在天堂，警长。在郊外，大概距贾尔迪纳六英里。"

"知道谁被杀了吗？"

"不知道，警长。法齐奥刚打电话给我，让我来接你，所以我来了。你知道怎么去那里吗？"

"理论上来说知道，我看了一眼地图。"

※

"加洛，我们是在一条泥泞的土路上，而不是在蒙扎的赛车场上。"

"我知道，警长，这就是我慢下来的原因。"

五分钟后，"加洛，我跟你说过不要加速！"

"我开得够慢了，警长！"

这条路臭烘烘的，十分泥泞，坑洼、泥潭、壕沟随处可见，看起来就像被轰炸过一样，而且灰尘漫天。对加洛来说，在这样的道路上超慢行驶，意味着保持每小时五十英里的速度。

他们穿过荒凉的乡村，这里气候炎热，放眼望去，一片黄色，还有稀稀疏疏、参差不齐的树。蒙塔巴诺非常喜欢这样的景观，他们已经离他们身后那个小白房子大约一英里了，一路上只零星地看到推着小车从维加塔向贾尔迪纳方向行进的人，还有一个牵着驴子向相反的方向前行的农民。

转过一个弯，看到远处有一辆巡逻警车，车旁边有一头驴，这头驴知道周围几英里没有什么可吃的，就只站在那里，看上去很沮丧，对于过往行人只是懒懒地抬起头瞥一眼。

这时，加洛突然猛打了一下方向盘。虽然系了安全带，但警长还是被甩到了一边，感到头部与身子简直要分家了。他大声嚷道：

"你就不能往前开一点儿再停车吗？"

"我在这里停下来是为给其他汽车留点位置。"

下车时，他们注意到，除了巡逻警车外，在泥泞小路的左侧，一片高粱地旁边，法齐奥、加鲁佐和一个农民正坐在地上吃东西。农民从背包里拿出一大块小麦面包和一圈贝巴图马佐奶酪，分给他们吃。

他们看上去就像西西里岛民一样，给人一种田园闲适的感觉。

太阳就要落山了，他们都穿着长袖衬衫。

一看到警长向他们走过来，法齐奥和加鲁佐就站了起来，穿上夹克。农民仍然坐着，但他摘下帽子，行了一个军礼，他至少得有八十岁了。

死者只穿着一条内裤，脸着地，与道路平行地躺着。很明显，他的左肩胛骨下方有一处枪伤，伤口周围有一点血迹，右臂少了一大块肉，是被野兽咬的，一百多只苍蝇在这两个伤口周围聚集着。

警长弯下腰看了看那个人被咬伤的胳膊。

"是狗咬的。"农民吞下最后一口面包和贝巴图马佐奶酪后说道。他从背包里抽出了一瓶葡萄酒，拉出木塞，舔了舔木塞，然后把所有东西都放回去。

"是你发现这具尸体的吗？"

"是的，警长，今天早上，我牵着驴路过时发现的。"农民站起来说道。

"你叫什么名字？"

"朱塞佩·孔特雷拉，我的档案干净得很。"

他很想告诉警察，他品行端正，没有任何不良记录。但他怎么从这个荒凉之地通知警察局的呢？通过信鸽吗？

"你给我们打的电话吗？"

"不，警长，是我儿子。"

"那你儿子在哪儿？"

"在家里，贾尔迪纳。"

"但你发现的时候，他和你在一起吗？"

"没有，警长，他不在，他在家里，一直在睡觉，警长。他是会计师。"

"但如果他没和你在一起……"

"我可以说句话吗，警长？"法齐奥打断了他的话，说道：

"我们这儿的老朋友孔特雷拉，一发现这个尸体，就告诉了他儿子，而且……"

"嗯，但他怎么告诉他儿子的呢？"

"用这个。"这个农民从口袋里拿出了一部手机。

蒙塔巴诺惊呆了，因为这个农民穿着打扮太土了，就像老辈人一样穿着粗棉布裤子，脚蹬平头钉靴子，上身穿着无领衬衫和背心，手上结了厚厚的老茧，看起来就像阿尔卑斯山地形图一样，手机和他的手极不相称。

"那你为什么不直接给我们打电话呢？"

"首先，"农民回答道，"我只会用这个东西给我儿子打电话；其次，我怎么知道你电话号码是多少？"

法齐奥再次解释道："这个手机是孔特雷拉先生的儿子送他的礼物，他儿子担心他，因为他年纪……"

"我儿子真傻，这个会计师真傻，他应该担心他自己，而不应该担心我。"这个农民说道。

"你知道这个人的姓名、地址和电话了吗？"蒙塔巴诺向法齐奥问道。

"知道了，警长。"

"那你现在可以离开了。"蒙塔巴诺对孔特雷拉说。

农民向他们行了军礼，然后骑上驴。

"你每个人都通知了吗？"

"都通知了，警长。"

"希望他们很快就到。"

"警长，即使一切顺利，至少也得半个小时，他们才能到。"

蒙塔巴诺做了一个仓促的决定。

"加洛！"

"尽管吩咐，警长。"

"我们离贾尔迪纳多远？"

"要走这条路的话，估计得十五分钟。"

"我们去喝杯咖啡吧，你们要喝吗？"

"不喝，谢谢。"法齐奥和加鲁佐异口同声答道。他们嘴里还留存着面包和贝巴图马佐奶酪的香味。

※

"我跟你说了，不要加速！"

"谁加速了？"

事实上，车子以五十迈行驶了大约十分钟，一路颠簸不停。最后，车子一下子掉进一个和马路一样宽的大坑里，车后轮在空中旋转。

半小时后，车子才再次启动。在这半小时内，加洛站在车轮一边，蒙塔巴诺站在另一旁，他们一起向上搬车子，用锄头锄地。同时，蒙塔巴诺对加洛破口大骂，大喊大叫，一会儿，他全身就被汗水浸湿了。另外，左挡泥板弯了，擦上了轮胎。最终，加洛不得不放慢了速度。

总而言之，经历一波三折，当他们到达斯宾诺莎区时，一个多小时已经过去了。

※

　　除了托马塞奥检察官，大家都到了，蒙塔巴诺很担心他。大家都在猜他什么时候能到，不过十有八九会让警长整个上午白白等着。检察官大人的开车技术连盲人都比不上，什么树都能撞上。

　　"有托马塞奥的消息吗？"蒙塔巴诺问法齐奥。

　　"托马塞奥已经走了！"

　　什么？怎么那么快？他成泛美越野大赛上的方吉奥了吗？

　　"幸运的是，他搭上了帕斯夸诺医生的车，"法齐奥继续说道。"他已经批准了，而且加鲁佐回蒙特鲁萨时载了他一程。"

　　法医人员给尸体拍完第一系列照片后，帕斯夸诺把尸体翻过来。受害者约五十岁，也许会稍小一点，死因是胸口中枪，子弹留在体内。

　　"你认识他吗？"警长问法齐奥。

　　"不认识。"

　　帕斯夸诺医生检查完尸体后，对在尸体和他脸中间嗡嗡叫的苍蝇骂了几句。

　　"你能提供什么信息吗，医生？"

　　帕斯夸诺假装没听到他的话，蒙塔巴诺重复了这个问题，医生依然假装没听到他的话。

　　帕斯夸诺瞪了蒙塔巴诺一眼，他摘掉手套，他的脸红红的，全是汗水。

　　"我能告诉你什么呢？今天天气真不错。"

　　"嗯，真不错！关于这具尸体，你能跟我说点什么吗？"

"你知道吗？你比这些苍蝇还要令人心烦！你到底想让我跟你说什么？"

他死的那个晚上，一定是在俱乐部玩扑克牌玩上了瘾。蒙塔巴诺努力让自己耐心起来，他要继续从医生嘴里套话。

"你知道我想跟你说什么吗，医生？你说话的时候，我会帮你擦掉你脸上的汗水，赶走周围的苍蝇，还会吻你的额头。"

帕斯夸诺开始大笑，然后，他一口气说道："他肩膀中了一枪，这一点我不必说了，子弹没有穿过他的身体，这一点我也不必说，他不是在这里中枪的，是因为……这一点你自己也能弄明白，一个男人不会只穿着内裤就外出，更别提到这种泥泞的土路了。他可能已经死了至少 24 小时了，关于这一点，凭借你的经验，你自己就能弄明白。至于他手臂上少的肉，傻子都能看到来这是狗咬的。总而言之，你没必要强迫我说话，让我浪费口舌，还各种嘲笑我，明白？"

"你讲得很清晰，很好。"

"对所有人而言，今天真是美好的一天。"

他转身坐到他的车里，然后离开了。

法医负责人万尼·阿克毫无理由地让他的人不停地照照片，浪费了很多胶卷。在拍摄的数千张照片中，只有两三张是重要的。警长受够了，决定回到镇上。毕竟，他不走还在那里做什么呢？

"我要走了，"他对法齐奥说，"咱们警察局见。来，加洛，我们可以走了吗？"

他到的时候，阿克没有欢迎他，他对阿克也一句话没说，所以，很明显，他们关系并不是很好。

※

他刚才用力把车从沟里拉了出来。灰尘四起，弄脏了他的衣服，他出了一身汗，灰尘便渗到了他的衬衫，让衬衫紧紧贴在了身上。

他不想在警察局里待着了，而且，现在也快中午了。

"带我到马里内拉。"他对加洛说。

他打开门，突然意识到阿德莉娜已经完成工作离开了。

他直奔浴室，脱下衣服，洗了个澡。他把脏衣服扔进篮子里，然后走进卧室，打开衣柜，挑了件干净的西服，他注意到有一条裤子还在塑料干洗袋里。很显然，裤子是当天早晨阿德莉娜拿出来的。他决定穿那条裤子，配上他喜欢的夹克，然后再穿上新买的衬衫。

之后，他开车去了恩佐的餐馆。

时间还早，餐厅里除他之外只有一个顾客。电视台正报道说，斯宾诺莎区一个渔民在藤丛发现了一具不知姓名的男尸，警方已经将他的死亡定为刑事案件，因为他们发现此人脖子上有明显的勒毙痕迹。尸体伤痕累累，似应为凶手所为，但尚未证实。目前，该案由警长萨尔沃·蒙塔巴诺调查，欲知更多详情，请继续锁定本频道。

所以，这一次，电视替他把自己想干的事做了：编瞎话。他们报道的内容全是错的，都是假的，或者说是凭空臆想。但公众完全相信了。电视台为什么要这么做？要尽可能把恐怖的犯罪行为搞得耸人听闻吗？光报告死亡已经不行了，他们还得制造恐怖感。毕竟，美国发动的任何一场战争背后都隐藏着谎言、愚蠢和神秘，国家政要在全世界的电视摄影机前面做出种种承诺，为展示他们高尚、圣洁的形象，电视台工作人员以及电视镜头下的人物只不过是锦上添花。顺便提一下炭疽的例子，炭疽后又怎样了呢？最后人们还不是渐渐不再讨论，任其被遗忘？

"打扰一下，如果另外那位顾客不介意的话，您可以关掉电视吗？"

恩佐走向另一位顾客。顾客转向警长，说道："你可以把它关掉，我他妈的才不介意呢。"

这个男人很胖，大约五十岁，正在吃第三份蛤蜊油意大利面。

警长吃的也是蛤蜊油意大利面，然后吃了经常吃的鲻鱼。

当他走出餐馆时，觉得没必要沿着码头散步了。于是，他回到办公室，因为办公室里有一堆文件等着他签字。

※

案头工作基本搞定已经是五点多了，他决定把剩下的留到第二天再做。他正要放下圆珠笔时，电话铃响了。蒙塔巴诺用怀疑的眼光看着这部电话。有一段时间，每当有电话打来时，他都会觉得有蹊跷。他发现，在最合适或最不合适的时机电话打来的频率越来越高，当他什么也不做的时候，从来不会有电话打进来，他怎么也想不出合理的解释。

"哦，警长，警长！可能是埃丝特曼女士打来的，我猜得对吗？"

"嗯……你好，拉凯莱，最近好吗？"

"很好，你呢？"

"我也是，你在哪？"

"在蒙特鲁萨，但我要离开了。"

"你要回罗马？但你说……"

"不，萨尔沃，我要去菲亚卡。"

不知怎的，他突然感到一阵嫉妒。更糟糕的是，他根本没有理由嫉妒，这根本就不合情理。

"我要和英格丽一起去处理一些事务。"

"你在菲亚卡有生意吗？"

"没有，我指的是感情上的事情。"

如果这样的话，那就只能是这一件事了：她要去那里和圭多分手。

"但我们今晚就会回来的，我们明天能见面吗？"

"看情况吧。"

15

五分钟后，电话又响了。

"哦，警长，是帕斯夸诺医生。"

"电话吗？"

"是，警长。"

"接吧。"

"今天你怎么不挖苦我了？"帕斯夸诺医生礼貌地说道。他这份做作劲可是很出名的哩。

"我为什么要这样做？"

"为了找到验尸结果。"

"验谁的尸？"

"蒙塔巴诺，这就是衰老的显著标志，表明你的脑细胞正在加速死亡。衰老的第一个症状就是健忘，你知道什么是健忘吗？比如说，你是否有过这种经历，前一分钟你还想着要干什么，后一分钟就忘了要干什么了？"

"没有。不过，医生，你不是比我还大五岁吗？"

"嗯，但实际年龄并不能代表什么，有的人二十岁就老了。不管怎么看，我都觉得你看上去更老，走起路来像个老人。"

"谢谢，你想跟我说什么尸检结果？"

"今天早上的那具尸体。"

"哦，不，你不会的，医生！我能想到的最不可能的事情就是你会很快进行尸检！什么？难道你和这个死去的男人是朋友吗？你就这样，像往常一样，时间过了一天又一天，之后……"

"这次的情况是，离午饭时间还有两个小时，恰好没有其他事情，我就想着弄完得了。关于今天早上咱们谈的事，我想和你说两点进展。第一点，我已经从尸体中取出了子弹，并立即把它送到了法医处。但通常来说，直到下一次总统选举时，他们才能把结果送回来。"

"但上一次是三个月前啊！"

"对。"

是的，他想起来了。他把用来杀死马的铁棒给他们送去了，让他们采集指纹，但之后就没收到任何消息了。

"那第二点呢？"

"我在尸体的伤口里发现了一些药棉。"

"这什么意思？"

"这表明向他开枪的人和把他扔到路边的不是一个人。"

"你能说得再详细点吗？"

"当然可以，尤其是考虑到相关人员的年龄，我就更要详细讲了。"

"谁的年龄？"

"当然是你的了，这是衰老的另一个标志：理解速度越来慢了。"

"医生，你为什么没有……"

"我倒希望呢！给我打扑克带来点好运气！不管怎样，我要说的是，在我看来，有人向这个人开了枪，他伤得很严重。然后，开枪者的一个朋友、同伙或者其他什么人把他带回家，试图用某种方式来止血，但受害者肯定挨了一枪之后没多久就死了。所以这个帮手等到天黑就把尸体装进他的车里，扔到空旷的郊外，尽可能地远离他的房子。"

"这个假设也有道理。"

"谢谢你，不用我进一步解释，你竟然自己就明白了。"

"听我说，医生，您有没有发现什么与众不同的标记？"

"阑尾切除术疤痕。"

"这应该有助于身份确认。"

"确认谁的身份？"

"这个死人呗，还能有谁？"

"死者从未做过阑尾手术！"

"但你刚才说他做了！"

"我说了吗，我的朋友？这是衰老的另一个表征。当你问我这个问题时，我看你的表情这么疑惑，我还以为你要问我身上是不是也有一些与众不同的标志呢！"

帕斯夸诺只是开个玩笑，目的就是让蒙塔巴诺生气。

"好的，医生，既然我们已经明白了这一点，我要尽可能直截了当地重申我的问题，这样你就不需要做太多可能会对你产生致命性影响的心理准备。我的问题是：今天你检查的那个尸体身上有显著的标记吗？"

"我几乎可以肯定说有。"

"你能告诉我这些标记是什么吗？"

"不行，这些东西我需要写下来。"

"但什么时候我才能拿到你的报告？"

"什么时候我有时间，也想写报告了，您就可以来拿了。"

警长用尽了手段，就是撬不开他的嘴。

※

警长在办公室待了很长时间，由于法齐奥或奥杰洛一直没有回话，也没有要回话的迹象，他就回家了。

他刚要上床睡觉，利维娅就打来了电话。这一次的谈话也不愉快，最后没有吵起来，不过也快了。

言语已经不足以帮助他们友好相处、相互理解了。如果你在字典里查一下他们话里的词语，你会发现他们的话好像与字典里的意思相反。正是因为他们的谈话用语含有双重意思，他们之间总是不理解彼此，而是经常误解对方，产生争执。

但是，如果他们紧挨着坐在一起，保持沉默，事情就完全不一样了。就像刚开始的时候，从很远的地方就能闻到对方的香气，于是，两人慢慢靠近，他们不仅完全懂得对方的意思，可以进行语言交流，还伴有无限的肢体语言。比如：将腿移动一两英寸，与对方贴得更近；将头部微微移向对方的头部。最后，虽然两人仍保持沉默，但他们会情不自禁地紧紧抱在一起。

他昨晚睡得很差，在半夜被噩梦惊醒。他感到很荒谬，他已经很多年都没想过马和马赛的事情了，现在竟然在梦中梦到了这些，这怎么可能呢？

　　在梦中，他发现自己在一个竞技场中，竞技场里有三个平行的跑道。和他在一起的是博内蒂·阿德里奇局长，他穿着骑马的服装，显得英姿飒爽。蒙塔巴诺就大不一样了，他胡子都没刮，穿着一身旧衣服，有一只袖子都破了，一点也不利落，看上去就像沿街乞讨的乞丐。正面看台上挤满了人，他们大喊大叫，手舞足蹈。

　　"奥杰洛，上马前戴上眼镜！"博内蒂·阿德里奇吩咐他。

　　"我不是奥杰洛，我是蒙塔巴诺。"

　　"不管你是谁，都给我把眼镜戴上。你不觉得不戴眼镜就像个瞎子吗？"

　　"我戴不了，我的口袋上有个洞，在过来的路上眼镜丢了。"他回答道，感到很羞愧。

　　"你要接受惩罚！你说方言了！"他大喊道，好像声音是从喇叭里传出来的一样。

　　"看看你干的好事！"局长责备他。

　　"对不起。"

　　"上马吧！"

　　他转身去牵马，但发现这匹马全身披着青铜，半躺着，就像意大利国家电视台大楼前的青铜马雕像一样。

　　"抓鬃毛！"

他的手刚接触到马鬃，这匹马在警长的两腿之间，把头使劲伸出去，一下子把警长抬升到了马脖子处。马又把头抬起来，使他从马脖子处又滑落下来。他一会儿到了高处，一会又落下来。

听到正面看台上人们的嘲笑声，他感觉受到了侮辱。于是，他过转身，使出最大力气抓住鬃毛，因为这时马已经很活跃了，而且没有马鞍，也没有缰绳。

有人开了一枪，声音就像大炮一样，此时，这匹马立即冲向了中间的跑道。

"不！不！"博内蒂·阿德里奇大喊道。

"不！不！"正面看台上的人们也重复喊道。

"你上错跑道了！"博内蒂·阿德里奇大喊道。

每个人都摆出动作，告诉他跑错跑道了，但他不知道是什么意思。他只能看到一片模糊的色彩，因为他没戴眼镜。一会儿，他意识到马跑错了跑道，但你怎么告诉马它跑错了呢？为什么不应该在这条跑道上跑呢？

他明白为什么了。一会儿后，其他马才开始跑。他上的这条跑道都是沙子，就像沙滩上一样，但沙子又细又深，马越是往前跑，陷得就越深。最终，马蹄子完全被沙子淹没了。这是沙子跑道。为什么这么多人比赛，偏偏这种坏事要发生在他身上？他试图把马头拉向左边，好让马去旁边的跑道。但他突然发现，其他两条平行的跑道消失了，竞技场上的栅栏和看台也消失了，甚至他所在的跑道也没有了，因为这里变成了沙的海洋。

现在，每艰难地迈出一步，马就下沉一点点。首先是腿，然后是腹部，接着连胸部都淹没在沙子里了。有时候，他都感觉不到马在他身下动了，马在沙中已经窒息死去。

他试图从马身上爬下来，但是沙子把他困在那里，他意识到自己要死在沙漠里了。当他开始哭泣时，距他几步之遥处突然出现一名男子，但由于他没戴眼镜，他看不清这个人长什么样。

"你知道怎样摆脱这种困境。"这个男人对他说道。

他想回复他，但只要他一张嘴，沙子就会涌入口中。所以，只要他说话，不一会儿就会窒息而死。

他拼命地呼吸着。这时，他醒了。

他以前做过的梦，既有真实发生过的事情，也有虚幻的东西，但这个梦里，他骑马跑错了跑道。这是什么意思呢？

※

这天，他到办公室的时间比平时晚，因为他在邮箱里看到一封信，信上说，如果再不支付账单就给他停电。所以，他去了趟银行，但他已经给银行付了账单了啊！他排队排了大概一个小时，排到时，他把这封信交给银行工作人员，对方查了一下，发现这张账单确实已经按时交付了。

"先生，一定是某个地方搞错了。"

"那我应该怎么做？"

"别担心，先生，我们会处理好的。"

一直以来，他都有重写宪法的想法。既然每个人，包括他的狗，都在重写宪法，为什么他就不能呢？宪法第一条应该是这样：意大利是一个建立在错误之上的危险的共和国。

"哦，警长！警长！刚刚法医处给我们送来了这封信！"

警长在前往办公室的路上打开了这封信。

信里面装着一些在斯宾诺莎区发现的死者的照片，上面有他的年龄、身高、瞳色等信息，但并没有提到显著的标记。

他觉得不必把这些照片交给坎塔雷拉，并让他查找与死者长得相似的失踪人员文件了。当他把这些照片放回信封时，米米·奥杰洛进来了，他又把这些照片拿出来，交给他的副手。

"你见过这个人吗？"

"是在斯宾诺莎区发现的那个死人吗？"

"是。"

米米戴上眼镜，蒙塔巴诺在椅子上坐立不安。

"从来没见过他。"奥杰洛说。他把照片和信封放在桌子上，并把眼镜放回他的衬衫口袋里。

"我能戴戴看吗？"

"戴什么？"

"眼镜。"

奥杰洛把眼镜递给他。蒙塔巴诺戴上眼镜，瞬间，周围的一切好像变成了一张模糊的照片。他摘下眼镜，把它还给了米米。

"我戴我父亲的眼镜看得更清楚。"

"但你不能看见一个人戴着眼镜，你就问能不能戴戴别人的眼镜吧？你去找大夫吧，他们会给你验光配镜的……"

"好，好，这几天我就去。跟我说说，昨天一整天我都没看见你，你去哪儿了？"

"我整整一个上午还有下午都在调查那个小男孩的事，就是安吉洛·万鲁苏，你还记得吗？"

这个小男孩不到六岁。有一天，他放学回家就开始哭，什么也不吃。后来，他妈妈再三问他怎么回事，他终于说出来缘由，他说老师强迫他进了衣柜，让他做"肮脏的事情"。他妈妈让他把详情说出来，他就说老师把他的那个东西拿出来摸。万鲁苏夫人不是个无理取闹的人，她不相信这个五十多岁、有家室的教师能干出这等事情，他不相信这个。另一方面，她也不想不信儿子说的话。

她是贝巴的朋友，于是跟贝巴说了这件事，而贝巴把这件事告诉了她的丈夫米米，米米又把这件事告诉了蒙塔巴诺。

"听我说，我觉得咱们别再谈罪犯的事了，谈谈这些小孩子的事情吧。我们根本不可能知道他们什么时候说的是真话，什么时候说的是假话。我也得小心谨慎些，我不想毁了这个老师。只要谣言一传开，他就完了……"

"但是你对他的印象怎样？"

"这个老师什么也没做，我没听到过一件与他有关的坏事。不管这事是真是假，我想说的是，孩子提到的那个柜子仅能装下一个桶和两个扫帚。"

"既然这样，那为什么这个孩子要编造这样的一个故事呢？"

"在我看来，他这是为了报复老师，他认为这个老师对他很苛刻。"

"故意的吗？"

"你在开玩笑吗？你想知道小安吉洛的最新创举是什么吗？他在报纸上写了一堆脏话，然后，他把报纸折起来，放进老师桌子的抽屉里。"

"那么，他们为什么叫他安吉洛呢？"

"当他出生的时候，显然他的父母不知道这个小孩将来会变成什么样。"

"他还要去上学吗？"

"不去了，我建议他母亲向老师请假，说他生病了。"

"好主意。"

法齐奥进来时说："早上好，警长。"

他看到了这个死人的照片。

"我能给这些照片拍个照吗？"他问道，"我想让其他人也看看。"

"照吧。昨天下午你做什么了？"

"我一直在问有关古雷理的问题。"

"你和他老婆谈过话了吗？"

"还没，今天晚些时候我会去。"

"你发现什么了？"

"警长，罗·杜卡和你说的是真的，至少有一部分是真的。"

"哪一部分？"

"古雷理三个月前离开了家，所有的邻居都听到了。"

"听到了什么？"

"听到他对妻子大喊大叫，骂她是妓女、荡妇，他说永远也不会回来了。"

"他说他想报复罗·杜卡了吗？"

"没，他们没听到他说这个，但他们也不敢保证他没说。"

"隔壁的那位女士跟你说了点别的吗？"

"没有，隔壁的那位女士没说，但唐·米尼促祖说了。"

"那谁是唐·米尼促祖？"

"在古雷理住所的正前面摆菜摊的。他可以看到谁进出过这个房子。"

"他跟你说什么了？"

"警长，米尼促祖说利科从来没进过这个房子，那他怎么会成为古雷理妻子的情人呢？"

"那他很了解利科吗？"

"他很了解他吗？他一直都把应酬的钱付给利科的，他也告诉了我一些重要的事情。一天晚上，他担心金属卷帘门没锁好，就下床走到外面去检查。当他来到商店门口时，古雷理家的大门是开着的，他看到西乔·贝利维尔从他家出来，他很熟悉西乔·贝利维尔。"

想象一下，西乔·贝利维尔不是从下水道爬出来！

"这是什么时候的事？"

"三个多月前。"

"所以我们的假设是正确的。贝利维尔去找古雷理，贝利维尔给了古雷理一份协议，如果他的妻子称她是利科的情妇，证明利科当时不在犯罪现场，库法罗就会让古雷理成为库法罗家族的永久成员。古雷理想了想，接受了。他假装妻子出轨，自己要离家出走，永远也不回来。"

"你不得不承认，这真是一个完美的计划，"米米评论道，"但米尼促祖愿意作证吗？"

"绝对不会。"法齐奥说。

"那我们就没什么可怀疑的了。"法齐奥说。

"不过，还有一件事情，我们应该进一步调查一下。"蒙塔巴诺说。

"调查什么？"

"我们对古雷理的妻子一无所知，是因为他们给了她钱，她立马就同意演这场戏了，还是她是受到威胁才这样做的？如果她因为提供伪证而蹲监狱了，她会作何反应？她知道自己在冒险吗？"

法齐奥说："警长，如果你问我她的为人，我会说，康塞塔·西拉古萨是一个老实巴交的女人，但她却不幸嫁给了一个骗子，我从没听说过任何有关她的不好的传闻，我敢肯定是他们强迫她这样做的，一定是她丈夫对她拳打脚踢，接连不断地扇她耳光，这个可怜的女人才别无选择这样做的，不管西乔·贝利维尔让她干什么，她都接受了。"

"你知道我说什么呢吗，法齐奥？也许我们很幸运，还没跟她谈话。"

"为什么？"

"因为我们需要想个办法让她露出马脚。"

"我可以去跟她谈。"米米说。

"你会跟她说什么？"

"我会说，我是库法罗派来的律师，专门前来告诉她在庭审时应该说什么。这样，当我们在谈……"

"米米，如果他们已经派律师来过，她起疑心了，那怎么办？"

"是，你说得对，那咱们给她写封匿名信吧。"

"我敢肯定，她不识字，或者说，不会写字。"法齐奥说。

"我有了！"米米坚持说。"我会把自己打扮成牧师，然后……"

"别胡说八道了，行吗，米米？现在，没人会去和康塞塔·西拉古萨谈话，我们再好好想想，如果有人想到一个好主意……我们不必那么着急。"

"我觉得打扮成牧师是个好主意。"米米说。

电话响了。"哦，警长，警长！哦，警长，警长！"

叫了四声警长？一定是局长。"是局长吗？"

"是的，警长。"

他打开免提，说道："接进来吧。"

"蒙塔巴诺吗？"

"早上好，局长先生，我能为你做点什么？"

"你现在可以立马来我办公室吗？很抱歉打扰了你，但我这里有非常重要的事情要处理，我不想在电话里谈。"局长说话的语气很严肃，他立马就答应了。他挂了电话，大家都互相看着彼此。

"他都这样说了，那一定是有什么紧急的事情发生了。"米米说道。

16

在局长的候客室里，免不了会碰上拉特斯博士。拉特斯博士是办公室主任，他长得像牧师，喜欢拍马屁。但是，为什么这个人总是在候客室里闲晃呢？他有这么闲吗？他没有自己的办公室吗？他不能在自己的办公桌下面玩蛋蛋吗？一看见他，蒙塔巴诺就感到紧张不安起来，而拉特斯一看到警长就精神起来，好像刚刚发现自己中了几十亿的彩票一样。

"啊，真高兴！太高兴了！你过得好吗，亲爱的警长？"

"很好，谢谢。"

"尊夫人呢？"

"勉强可以吧。"

"孩子们呢？"

"他们正长着呢，这得感谢圣母玛利亚啊！"

"我们要永远保持感恩之心。"

拉特斯坚持认为，蒙塔巴诺已经结婚，至少有两个孩子，警长百余次向他解释，说自己还单身，但他都不信。最后，警长放弃解释了。

"局长让我去……"

"你敲门进去就行，他正等你呢。"

他敲了门就进去了。

但他在门口站了一会儿，发现万尼·阿克坐在局长办公桌前，他感到很惊讶。首席法医究竟要在这儿干什么？他也要参加这次会议吗？为什么？一瞬间，他对万尼·阿克厌恶至极。

"请进，关上门，坐下。"

在其他场合，博内蒂·阿德里奇会故意让他站着，好让他感受他自己，大局长和小镇子的警察局警长之间悬殊的等级。不过，这一次，局长的行为与以往不同。事实上，正当蒙塔巴诺要坐下时，他的上司就站起来，并伸出手，示意警长坐下。警长害怕极了，局长怎么像普通人一样，对他这么客气？他要宣读死刑通知书吗？

蒙塔巴诺和阿克略微向对方点了一下头，以示欢迎，缓和一下气氛。

"蒙塔巴诺，我要见你，是因为我们手上有一个相当微妙的案子要处理，我很担心这件事。"

"我听着呢，局长先生。"

"好，可能你已经知道了，帕斯夸诺医生对发现的尸体进行了尸检。"

"是的，我知道，但我还没有看到报……"

"我已经催过他们了，应该今天中午就可以看到报告了，但这不重要，事实上，帕斯夸诺医生已经以闪电般的速度把从尸体中取出的子弹交到了法医实验室。"

"他也告诉我了。"

"好。嗯，检查的时候，阿克医生非常惊讶地发现……但如果让他告诉你的话，这样可能会更好。"

不过，万尼·阿克没有开口，只是从口袋里抽出一个密封的玻璃纸包，并交给警长。从外面可以看清楚里面装着的子弹，虽然看上去发生了严重变形，但基本上是完整的。

蒙塔巴诺没有发现任何异常。

"所以呢？"

"这是一颗九毫米帕拉布鲁姆弹。"阿克说。

"我看出来了，"蒙塔巴诺有点生气地说，"所以呢？"

"这个口径是我们的专属配备。"阿克说。

"不，你应该这样说：它不只是警方的专属配备，宪兵、金融警察、军方等等也用……"

"好了，好了。"局长打断了他。

但警长假装没听见他的话：

"还有犯罪分子。很多犯罪分子，或者说大部分犯罪分子，都能想各种办法弄到军用武器。"

"我非常清楚这一点。"阿克说道。他微微一笑，令人很想打他一拳。

"那问题是什么呢？"

"不要着急，咱们说话要有条理，蒙塔巴诺，"局长说，"你说的完全正确，但我们必须彻底排除任何可能的疑点。"

"什么疑点？"

"我怀疑可能是我们中的人杀死他的，你知道上周一有交火吗？"

"我没注意……"

"这就是我担心的地方，这会使事情变得更加复杂。"局长说。

"为什么？"

"因为如果有些记者听到这样的风声，他们就会怀疑我们，指责我们，对我们破口大骂，这种情形你想象得出来吗？"

"那咱们就不要让他们知道呗。"

"说得简单！如果事实证明，这个人就是被我们中的一个人杀死的，至于原因，咱们就说是个人恩怨吧，我确实想知道是什么原因。如果凶手真的就藏在我们之中，我真的会感到很烦恼，感到失望，也会感到恶心。"

在这一点上，蒙塔巴诺展开了反驳。

"局长先生，我明白您的感受，但您能告诉我为什么单单把我一个人叫到办公室吗？您觉得，如果杀手真的藏在我们中间，他一定是我这里的人，而不是别的地方的吗？"

"因为尸体是在维加塔和贾尔迪纳之间的某个区域发现的，而维加塔和贾尔迪纳都在你的管辖范围内，"阿克说，"因此，有理由认为……"

"毫无道理！他们可以很轻松地把这个尸体从菲亚卡、费拉、加洛塔或者蒙特鲁萨搬过来啊……"

"没必要为此烦恼，蒙塔巴诺，"局长插嘴道，"你说得完全正确，但是我们需要从某个地方开始，不是吗？"

"但为什么您如此……如此坚定地认为凶手就在我们警局

呢？"

"我并不是这么想的，"局长说，"我的目标是找到充分证据证明，这个人不是我们警局的人杀的，而且必须在谣言传播开之前找出。"

他是对的，这一点毋庸置疑。

"这得需要一段时间，您知道的。"

"没关系，必要时我们会投入全部时间做这件事。没人会给我们压力的。"博内蒂·阿德里奇说道。

"那我该做什么？"

"你呢，在做好分内事情的同时，要尽可能仔细地检查一下你部门的人使用的手枪弹夹，看看有没有少了的。"

就在那时，四处毫无声响，蒙塔巴诺脚下的地面突然裂开了，他、椅子、所有的东西都垂直地掉进里面去。他刚刚想起了一些事情。不过，他没动，没出汗，脸也没有变苍白，他甚至还拿出九牛二虎之力微微地笑了一下。

"你笑什么？"

"因为星期一早上，加鲁佐警员向一只要袭击我的狗开了两枪，加鲁佐开车去马里内拉送我回家，当我下车时，这只狗……法齐奥警司也在那儿。"

"他杀了它吗？"阿克问道。

"我不知道你在说什么。"

"如果他杀了这只狗，我们会试着找到这只狗，取出子弹，这样我们就会知道……"

"'如果'是什么意思？你想说，我的人不知道怎么开枪吗？"

"回答我，蒙塔巴诺，"局长插嘴道。"他有没有击中狗？"

"没有，他没击中，因为手枪卡壳了，所以开不了枪了。"

"我可以试试吗？"阿克冷冷地问道。

"试什么？"

"那把手枪。"

"为什么？"

"我想比较一下。"

如果阿克想拿这把手枪开一枪试试，和其他枪比较一下。那就是在侮辱他、加鲁佐和法齐奥，他必须阻止这件事发生，不管付出多大代价。

"向武器部门要吧，我认为那把枪还在那儿放着。"蒙塔巴诺说。

他站起来，脸色苍白，双手颤抖，鼻孔向外扩张，眼睛闪烁，话里充满了愤怒。

"局长先生，阿克医生严重冒犯了我！"

"好了，蒙塔巴诺！"

"哦，好，先生，他严重冒犯了我！您可以作证，局长先生！我要让您给我作证！阿克医生竟然提出这样的要求，他根本就是在质疑我说的话！那把枪已经交由他处置了，但现在，他，阿克医生，他这个人必须交由我处置！"

阿克好像真的害怕了，他觉得自己真的把警长气坏了，一场决斗就要展开。

"但我并不是故意……"

"好了，蒙塔巴诺……" 博内蒂·阿德里奇重复说道。

蒙塔巴诺紧握拳头，他的双手都变白了。

"不，局长先生，我很抱歉，但我仍然认为他严重冒犯了我，我应该做您命令我去做的每一项检查，但如果阿克医生还坚持要试我手下的枪，那我就递交辞职信，然后四处宣扬这件事。今天真是个好日子啊！"

博内蒂·阿德里奇还没来得及回答，警长就转身背对局长和阿克医生。他打开门，离开了，祝贺自己刚刚自导自演了这样一出好戏，他觉得自己可以向好莱坞进军了。

※

他需要立即确认若干事项。他上了车，直奔帕斯夸诺的办公室。

"医生在吗？"

"他在，但……"

"没关系，我会亲自去见他的。"

帕斯夸诺工作室的门上有两个圆形的窗户。

在进去之前，警长先在外面看了一眼。帕斯夸诺正在洗脸，但他仍然穿着带血的工作衫。尸检的桌子上什么也没有。蒙塔巴诺推开门，帕斯夸诺一见他就破口大骂。

"上帝啊！难道在这儿也都摆脱不了你吗？你就在办公桌这儿坐会儿吧，我马上就处理你的事情。"

他拿了一个骨锯，蒙塔巴诺向后退了几步，和帕斯夸诺站在一起，还是小心点为好。

"医生，你就回答是或否就可以，我一会儿就要走了。"

"您发誓？"

"我发誓。斯宾诺莎区发现的尸体的头颅有没有被钻过，或受过其他类似手术的迹象？"

"有。"帕斯夸诺说。

"谢谢。"警长说。

然后，他一溜小跑地离开了。他已经得到了他想确认的问题的答案了。

※

"哦，警长！我想要报告……"

"你可以一会儿再告诉我，让法齐奥马上来找我，不要给我打电话，我谁的也不接！"

法齐奥跑着过来了。

"怎么了，警长？"

"进来，关上门，坐下。"

"我听着呢，警长。"

"我知道在斯宾诺莎区发现的尸体是谁了。"

"真的吗？"

"是古雷理，而且我还知道是谁杀了他。"

"谁？"

"加鲁佐。"

"他妈的！"

"就是他。"

"这个尸体是古雷理的？那他就是在星期一试图烧你房子的两个人中的其中一个。"

"对。"

"你确定吗？"

"当然！帕斯夸诺医生告诉我，他发现了三年前古雷理脑部做过手术的痕迹。"

"谁告诉过你，这个死人可能是古雷理？"

"没人告诉我，这是我的直觉。"

他把跟局长和阿克医生的会面情况告诉了法齐奥。

"这说明咱们碰上麻烦了，警长。"

"不对，应该这样说，咱们快要碰上麻烦了。现在还没有。"

"但是，如果阿克医生坚持要看那把枪的话……"

"我认为他不会坚持的。其实，我敢肯定，局长会告诉他不要这样做的。我在他们面前演了一场好戏，但是……打扰一下，我想问，如果我们要修理武器，我们得把它们送到蒙特鲁萨，对吗？"

"是的，警长。"

"那武器部把加鲁佐的枪送过去修了吗？"

"不，还没有，但这是我今天早上偶然发现的。我想把菲拉拉巡警的枪也给他们送去，因为他的枪也卡壳了，但既然图尔图瑞兹和曼泽拉都不在那里。而且，他们负责……"

"阿克那个家伙不会和我要那把手枪了，因为我说加鲁佐的枪卡壳了，他会检查我们局送来的每一把手枪。在他干掉我们之前，我们一定会先干掉他的。"

"我们要怎么做？"

"我刚刚有个想法，你还有菲拉拉的手枪吗？"

"有，警长。"

"等会儿，我要打个电话。"

他拿起听筒。

"坎塔雷拉吗？帮我接通给局长的电话。"

电话马上就接通了，他打开了免提。

"我能为你做什么，蒙塔巴诺？"

"局长先生，首先我想说，我真的感到非常惭愧。当时，我一气之下，就当着你的面离开了……"

"没事，我很高兴你……"

"然后，我想通知你，我会把那把有问题的手枪给阿克医生送过去，那把有问题的手枪没坏，击发流畅，用不着检测，什么问题都没有。局长，我再次请求你的原谅，请接受我最真挚、最谦卑的……"

"你的道歉我接受了，我很高兴看到你和阿克和好了。再见，蒙塔巴诺。"

"祝福你，局长先生。"

他挂了电话。

"你到底在忙什么呢？"法齐奥问道。

"找菲拉拉的手枪，从弹夹中取出两颗子弹，然后把他们藏好。之后，我们会用到它们。我会把他们装在一个包装得很漂亮的盒子里作为礼物送给阿克医生，同时，我还会对他大加赞赏。”

“那我和菲拉拉怎么说？如果他不把他卡住的手枪交上去，他们就不会给他别的手枪。”

“让武器部把加鲁佐的手枪也给你，跟他们说我要用，想办法告诉他们你也把菲拉拉的枪给我了，这样，他们会给他一支枪作为替补。如果曼泽拉和图尔图瑞兹让我解释，我会说我想亲自把它们带到蒙特鲁萨，关键在于，这得花三四天的时间。”

“那我们怎么跟加鲁佐说呢？”

“如果他在这儿，就把他带进来。”

五分钟后，加鲁佐出现了。

“你要见我，警长？”

“坐下吧，杀手。”

※

当他和加鲁佐谈完话时，他看了看手表，感觉谈话的时间太长了。那时，恩佐餐厅都已经关门了。

所以，现在他决定不再浪费任何时间，直奔最后一个流程。他拍了一张古雷理的照片，放在口袋里，走出去，坐到车里，开车离开了。

实际上，尼科特拉大街可不是什么大街。准确来说，它是小镇高处位于皮亚诺·兰泰尔纳的一条狭长小巷。38号是一个前门锁着的小二层楼危房，它对面是一家蔬菜水果店，店主肯定是唐·米尼促祖。

不过，这个时候店已经关门了。这个小楼房有一个对讲机，他按下古雷理名字旁边的按钮。一会儿，门就开了，没有人问谁在按门铃。

这栋楼里没有电梯，但毕竟房子小，所以也在情理之中。每层楼上有两间公寓。古雷理住在顶楼，前门是敞开的。

"我可以进吗？"他问。

"请进。"一个女人说。

小门厅有两扇门，一扇通往餐厅，另一扇通往卧室。蒙塔巴诺感受到一种令人心酸的贫穷。一个大约三十岁、头发凌乱的女人正在餐厅里等着他，她一定在很年轻的时候就嫁给古雷理了，当时她一定非常漂亮，虽然现在的她看上去很邋遢，但她的脸和身上仍然还保留着一点当年的魅力。

"你想干什么？"她问。

蒙塔巴诺可以看到她眼中的恐惧。

"我是一名警长，古雷理夫人，我叫蒙塔巴诺。"

"我已经把所有的东西都告诉卡拉宾纳利了。"

"我知道，夫人，要不我们坐下谈？"

他们坐下了。她坐在椅子边缘，十分紧张，时刻做着逃跑的准备。

"我知道有人命令你在利科的审判中作证。"

"是的，先生。"

"但这不是我来这儿的原因。"

她似乎立刻就有点放松了，但她的眼中仍然充满着极度的恐惧。

"那你想干什么？"

蒙塔巴诺发现自己处在十字路口。他不想对她太残忍，他对她感到很难过。既然她就坐在他面前，他可以肯定，这位年轻女子是因为别人的"劝告"才给利科当情妇的，而不是因为钱或是受到殴打和威胁才这样的。

另一方面，如果他对她很温柔，很礼貌，他可能不会有什么发现。最好的办法大概是吓唬她。

"从你上次看到你丈夫到现在，已经多长时间了？"

"三个月，没多几天。"

"自那以后，你就再也没有他的消息了？"

"没有，警长。"

"你没有孩子，对吗？"

"对，警长。"

"你认识西乔·贝利维尔吗？"

她就像受惊的动物一样，刚刚放松一点，现在又害怕起来。蒙塔巴诺注意到她的手在微微颤抖。

"认识，警长。"

"他来过这儿吗？"

"来过，警长。"

"来过多少次？"

"两次，两次都和我丈夫一起。"

"我觉得你应该跟我来一下，夫人。"

"现在吗？"

"现在。"

"去哪儿？"

"到停尸房。"

"那是哪儿？"

"放死人的地方。"

"我为什么要去那里？"

"我们需要你确认一下。"

他从他的口袋里把照片拿出来。

"这是你丈夫吗？"

"是的，警长。他们什么时候照的？为什么我要来这儿？"

"因为我们认为是西乔·贝利维尔杀死了你的丈夫。"

她震惊了，呆呆地站着，然后身体前后摇晃起来，用手扶着桌子。

"他真是个混蛋！贝利维尔真是个混蛋！他向我发誓不会动我老公的！"

她什么也说不出来了，她的双腿弯曲，直接倒在地板上，失去了意识。

17

"看，我时间不多了，请不要养成没预约就登门造访的习惯。"检察官吉尔里佐说道。

"你说得对，先生，我很抱歉以这样的方式来见你。"

"还有五分钟，有话快说。"

蒙塔巴诺瞥了一眼他的手表。

"我来是想跟你讲讲警长马丁内斯探险的第二集。我觉得你会感兴趣的。"

吉尔里佐看起来很疑惑。

"马丁内斯是谁？"

"你忘了吗？你不记得上次我在这儿的时候，你对我说的那个假想的警长了吗？就是那个调查萨利纳斯的人，还有那个勒索犯，开枪打伤店主的那个人，等等等等，想起来了吗？"

吉尔里佐感觉自己有点被愚弄了，冷冷地看了他一眼，然后他冷酷地说："现在我记起来了，继续。"

"萨利纳斯声称他有不在场证明，但没说是什么。你发现，他的辩护律师断言，当时，阿尔瓦雷斯是……"

"感谢上帝！谁是阿尔瓦雷斯？"

"萨利纳斯打伤了店主，所以，辩方会宣称，萨利纳斯当时在一个叫德洛丽丝的人，也就是他的情妇家中。他们会将德洛丽丝本人和她的丈夫传唤到证人席。你告诉我，检察机关认为他们可能会杀害证人，从而销毁不在场证明，但你自己也不完全确定。但是此时，马丁内斯警长恰巧正在处理一个被谋杀男子的案子，他发现，被杀者是一个叫佩皮托的人，他是一个骗子，为黑手党效力，恰巧也是德洛丽丝的丈夫。"

"那谁杀了他？"

"马丁内斯认为，他是被一个叫贝利维尔的黑手党成员干掉的，抱歉，是桑切斯。有一段时间，马丁内斯一直在想，为什么德洛丽丝会同意为萨利纳斯不在场作证。她当然不是他的情妇，那她为什么要这样做呢？为了钱？她受到威胁了？暴力胁迫？之后，他有一个很好的想法。他应该去德洛丽丝的家里找她，让她看被杀害的佩皮托的照片，并告诉她是桑切斯杀死的他。于是，他这样做了。这个女人的反应出乎意料，这让马丁内斯明白了这个令人难以置信的真相。"

"也就是？"

"德洛丽丝这样做是为了爱。"

"爱谁？"

"她的丈夫。我再说一遍：这听起来很难以置信，但这是真的。佩皮托是一个无赖，他对她很不好，经常打她，但她爱他，她容忍了这一切。桑切斯让她单独与他见一面，要么证明佩皮托不在犯罪现场，要么就杀了佩皮托。他们现在已经绑架了佩皮托。

当德洛丽丝从马丁内斯那里得知他已经被杀了，尽管她已经接受了勒索，但她还是决定停止辩驳，决定为自己报仇，并承认了真相，就是这样。"

他看了一眼他的手表。

"四分半。"他说。

"好吧，蒙塔巴诺，但是，你看，德洛丽丝是向一个假想的警长阐明真相的，这个警长……"

"但她乐于把这一切向一个实实在在的、不是假想的检察官再讲一遍，我们可以用吉尔里佐这个真名字来称呼这个检察官吗？"

"那一切就都变了，我要给宪兵队打电话，"吉尔里佐说，"然后把他们派到……"

"到院子里。"

吉尔里佐糊涂了。

"什么院子？"

"法院，就在这儿。西拉古萨夫人，哦，对不起，我指的是德洛丽丝，她在我的一辆巡逻车里，由法齐奥警官护送。马丁内斯不想让她一个人待着，连一秒钟都不行。既然她开口了，她的生命安全就处于危险之中。她拿着一个小手提箱，里面几乎没有任何个人财物。先生，这个可怜的女人不能再回家了，这一点应该很容易理解，因为他们随时会干掉她。马丁内斯警长希望西拉古萨夫人，对不起，我是指德洛丽丝，应该得到保护，因为她值得受到保护。多么美好的一天！"

"你要去哪里？"

"到吧台吃帕尼尼三明治。"

※

"所以利科就这样被永远解决了？"当他们回到警察局时，法齐奥说道。

"对。"

"你不高兴吗？"

"不高兴。"

"为什么呢？"

"因为在发现真相前，我犯的错误太多太多了。"

"什么错误？"

"我就和你说吧！黑手党从来没把古雷理当成他们的人，你当时这样说过，我也这样对吉尔里佐说过。只是将古雷理扣为人质，让他认为他们已经把他当自己人了。事实上，他一直在西乔·贝利维尔手下做事，听从吩咐。而且，如果他妻子不像他们希望的那样作证的话，他们就会直接杀了他。"

"那这跟以后的案情发展有什么关系呢？"

"它改变了一切，法齐奥，一切。例如，偷马这件事。这可能不是古雷理的主意，他顶多是从犯。这就推翻了罗·杜卡的假设，即仇杀。现在看来，给埃丝特曼夫人打电话的人更不可能是古雷理了。"

"也许是贝利维尔？"

"也许吧，但我相信，甚至贝利维尔也是在为别人做事。而且，我确定那两个想要烧我房子的男人中，向加鲁佐开枪的那个人，就是贝利维尔。"

"所以你认为库法罗是这个案子的主谋。"

"我可算明白了。奥杰洛曾说古雷理没有那么聪明，组织不起来这样精密的行动。他是对的。你曾经坚持认为，库法罗希望我在庭审时怎样怎样做，你也是对的。但是，他们也犯了一个错误。他们打扰了正在睡觉的狗，那只狗被吵醒了，反过来会咬他们。这条狗就是我。"

"哦，警长，我忘了问了，加鲁佐是怎么做的？"

"综合考虑来看，他做得很好。毕竟，他开枪自卫了。"

"对不起，但你和康塞塔·西拉古萨说，是贝利维尔杀了她的丈夫？"

"嗯，我和吉尔里佐检察官也是这样说的。"

"嗯，但是我们知道他没有这样做。"

"你对贝利维尔这样的罪犯有内疚？我们知道贝利维尔至少杀了三个人，还是四个来着？"

"我没有任何内疚，警长。但那个人会说，这件事不是他做的。"

"谁信呢？"

"但是如果他告诉了他们真正发生什么事，告诉他们是警察朝古雷理开的枪，那会怎样呢？"

"那么他就得告诉他们怎样开的枪，为什么要开枪。他会说，他们过来烧我房子，这样我就会在利科庭审时怎样怎样表现。也就是说，他一定会把库法罗供出来，他认为他会这样做吗？"

※

在回马里内拉的路上，他感到很饿。在冰箱里，他发现了一碗茄丁酱，香喷喷的，光闻一闻就很享受。冰箱里还有一小盘野芦笋，它的味道苦得要命，上面只撒了橄榄油和盐。烤箱里有一条小麦面包。他在阳台摆好餐桌，开始用餐，感到很惬意。漆黑的夜晚伸手不见五指，他看到岸边不远处，有一艘渔船的安全灯在闪耀。看到这些，他放心了，因为现在他确定船上没人监视他了。

他爬上床，开始读他买的一本瑞典书。这本小说的主角是他的同行，叫马丁·贝克，他觉得马丁的调查方式很引人入胜。他读完这本小说，关上灯，这时已经是早上四点钟了。

※

他早上九点醒来，但不是自然醒，是被阿德莉娜吵醒了，因为她在厨房收拾，发出了很大的噪音。

"能给我冲一杯咖啡吗，阿德莉娜？"

"冲好了，警长。"

他喝了一小口，细细品了一下，然后点了一根香烟。抽完烟后，他站起来，进了浴室。

之后，他收拾好自己，准备出门。出门前，他走进厨房，又喝了一杯咖啡，这是他的习惯。

"哦，先生，我有个东西要给你，我一直都想给你来着，但总是忘。"阿德莉娜说道。

"是什么？"

"当我去拿你干洗好了的裤子时，干洗店的人给了我一个东西，他们说是在你口袋里发现的。"

她从椅子上拿起她的钱包。她打开钱包，从中拿出一个东西，交给了警长。

一个马蹄铁。

当咖啡洒在他的衬衫上时，蒙塔巴诺感觉到脚下的地面裂开了。这是二十四小时内第二次发生！真的够了！

"怎么了，先生？你弄脏了衣服。"

他目瞪口呆，两眼一直盯着马蹄铁，既吃惊又疑惑。

"警长，你真是把我吓坏了！出什么事了？"

"没什么，什么也没有。"他费了九牛二虎之力才说出话来。

他拿起一个玻璃杯，倒满水，一口气喝完。

"没什么，什么也没有。"阿德莉娜重复着这句话，她手里握着马蹄铁，担心地看着他。

"给我，"他边脱衬衫边说，"再给我冲一杯咖啡。"

"再喝怕是身体要喝坏了吧？"

他没有回答。他走进餐厅，就像梦游一样。他手里仍然拿着马蹄铁，另一只手拿起电话听筒，给警察局打电话。

"你好！维加塔警……"

"坎塔雷拉，我是蒙塔巴诺。"

"怎么了，警长？你的声音好奇怪！"

"我跟你说，今天早上我不去警局了，法齐奥在吗？"

"不在，警长，他不在。"

"他来的时候叫他给我打电话。"

他打开落地双扇玻璃门，来到阳台，坐下来。他把马蹄铁放在桌子上，开始盯着它看，就好像从来没见过这个东西一样。慢慢地，他感到大脑可以正常思考了。

他首先想到的就是帕斯夸诺医生的话。

蒙塔巴诺，这就是衰老的显著标志，表明你的脑细胞正在加速死亡。衰老的第一个症状就是健忘，你知道什么是健忘吗？比如说，你是否有过这种经历？前一分钟你还想着要干什么，后一分钟就忘了要干什么了。有过，确实有过！他拿下马蹄铁，装到口袋里。他完全忘记了。这是什么时候呢？在哪儿呢？

"你的咖啡，警长。"阿德莉娜说。她把托盘放在桌子上，托盘上搁着杯子和糖。

他喝着这杯又苦又烫的咖啡，眼睛一直盯着空无一人的沙滩。

立刻，他想到那匹死马出现在沙滩上，侧躺着。他在马的面前趴着，他伸出手，摸到了一个几乎完全从马蹄上掉下来的马蹄铁，当时，固定马蹄铁的钉子就有一半连着……

那接下来怎样了呢？

接下来发生的是……是……哦，我知道了！法齐奥、加洛和加鲁佐出现在阳台，他站起来，随手把马蹄铁放到口袋里。

之后，他去换裤子，把脱下来的衣服放到脏衣服篮里。

然后，他洗了个澡，和法齐奥聊天。当"航天员"到了的时候，马的尸体消失了。保持冷静，蒙塔巴诺，你需要再喝一杯咖啡。

所以，我们从头再串一遍。他们要杀马的时候，这匹可怜的、即将死去的马成功跑了出去，它在沙滩上拼命地跑——好仁慈的上帝！想打个赌吗？事实上，这个就是他噩梦中的沙子跑道？他解梦解错了？最后，这匹马跑到他的窗外，再也跑不动了，倒下死去，但要掩人耳目，这些杀手们又组织起来，推着手推车或者开着面包车或小卡车或其他工具回来把这具马尸带走。不久之后，当他们过来处理尸体时，发现他已经醒了，他看见马，并且来到了沙滩，所以他们就藏起来，等待合适的时机。他和法齐奥走进厨房，厨房里没有朝向大海的窗户，所以，现在就是他们动手的时机，他们派了一个人出去侦察，这个人看到他们在厨房里高兴地聊天，就给其他人发出动手的信号，同时，这个人还继续监视他和法齐奥。一眨眼的工夫，尸体就消失了，但是那时……

"还能再来一杯咖啡吗？"

壶里一点咖啡也没有了，他不敢让阿德莉娜再给他冲一杯咖啡。所以他站起来，走进厨房，拿了一瓶威士忌和一个玻璃杯，转身走向阳台。

阿德莉娜站在厨房门口看着他，说道："早上一起来就喝酒吗，警长？"

他呆呆地站着，这次他仍旧没有回答她。他倒了杯威士忌开始喝。

但是那时，如果那些家伙盯着这匹马的时候也盯着他，他们一定看到他取走了马蹄铁，并把它放在口袋里。这就意味着……

你全搞错了，蒙塔巴诺，全错了！

他们并不是想影响你在利科庭审时的行为，利科的庭审与这些毫无关系！

他们想要的是马蹄铁，这就是他们搜他房子时要找的东西。他们甚至还把手表送回来，就是让他知道这不是盗窃案。

但为什么马蹄铁对他们这么重要呢？

唯一能解释通的就是，只要他拿着马蹄铁，移走尸体也不能掩盖他们杀马的事实。

但是，如果这个马蹄铁对他们来说这么重要，那为什么烧房子失败后就收手了呢？

答案很简单，蒙塔巴诺。因为加鲁佐向古雷理开了一枪后，他死了。这是个难得的机会，所以他们一定会以某种方式回来。

他再次拿起马蹄铁，仔细观察，这是一个再普通不过的马蹄铁，和他之前见过的那些没什么差别。

为什么它这么重要，竟然逼得他们结束一个人的生命？

他抬起头望向海边。这时，他开始思考船上有没有人在监视他。不，船上没人拿着双筒望远镜监视他。这时，他才停止思考这件事。

他挺直地站立着，跑到电话那儿，拨了英格丽的号码。

"你好？你是哪位？"

"拉凯莱夫人在吗？"

"您请等会儿。"

"你好，哪位？"

"蒙塔巴诺。"

"萨尔沃！真是个惊喜！我刚就想给你打电话来着。英格丽和我想邀请你今天共进晚餐。"

"好，但是……"

"你想去哪儿？"

"来我这儿，你们可以来做客，我会让阿德莉娜去……但是……"

"怎么这么多'但是'？"

"告诉我点事儿，你的马……"

"我的马？"拉凯莱满怀期待地说道。

"你的马的马蹄铁有什么与众不同的地方吗？"

"你指的是哪方面？"

"我不知道，我不太懂这方面的东西，这你是知道的。上面有没有刻着什么东西，比如某种标志或符号？"

"有，你为什么想知道这个？"

"就是想知道，没什么原因。是个什么样的符号？"

"就在拱弧的中心，金属顶部刻着一个小 W，这是罗马的一个铁匠专门为我刻的，他的名字是……"

"那罗·杜卡也让这个铁匠刻字了吗？"

"当然没有！"

"太糟糕了！"他说道，看起来很失望。

他挂了电话，不想让拉凯莱问他问题。现在他又回想起之前在菲亚卡那晚困扰着他的那个谜。明白了它对于整个计划的意义。

他开始唱歌，谁会阻止他呢？他大声地唱道："多凉的小手啊"。

"先生！先生！今天早上你怎么了？"管家从厨房跑出来问道。

"没什么！哦，对了，今晚做点好吃的，我要请两个客人来吃饭。"

电话响了，是拉凯莱。

警长立即说："我们的电话断线了。"

"对了，你希望我们什么时候来？"

"九点钟可以吗？"

"九点钟，非常好，不见不散。"

他挂了电话，电话又响了起来。

"是法齐奥。"

"不，不，我改变主意了，我现在去你那。等我。"

※

他一路唱着歌来到警察局。曲调和歌词一直萦绕在他脑子里。每次忘词了就从头唱起。

"我来帮你焐热吧……"

他把车停靠在路边，下车时碰到了坎塔雷拉。坎塔雷拉听到警长在唱歌，就坐了下来，他听得很入迷，嘴大大张着，惊讶得紧。

"为什么为找钥匙烦心……坎塔雷拉，告诉法齐奥直接来到我办公室。在黑夜里是找不到的……"

他进了办公室，背靠着椅子坐了下来。

"幸运的是……"

"发生什么事了，警长？"

"关上门，法齐奥，坐下。"

他把马蹄铁从口袋里拿出来，放在桌子上。

"好好看看吧。"

"我可以拿起来看吗？"

"当然。"

当法齐奥正在仔细研究马蹄铁时，警长还在小声地唱着歌。

"今晚是月亮……"

法齐奥用疑惑的眼神看着警长。

"这是一个非常普通的马蹄铁啊！"他说。

"确实，这就是为什么他们千方百计地要把它拿回去的原因。他们闯入我的家，又试图烧我的房子，古雷理失去了生命……"

法齐奥目瞪口呆。

"都是为了这个马蹄铁……"

"是的，先生。"

"而且，这个马蹄铁一直都在你这儿？"

"嗯。我完全忘了这个马蹄铁的事儿了。"

"但这就是一个普通的马蹄铁，没什么特别的地方啊！"

"但是，这意味着什么呢？"

"这意味着，被杀的那匹马不是拉凯莱·埃丝特曼的。"

然后，他又继续小声地唱歌。

18

　　米米·奥杰洛来晚了，所以警长不得不把和法齐奥说过的话再说一遍。

　　"综合来说，马蹄铁给你带来了好运，它让你意识到了事情的真相。"这是奥杰洛听后唯一的评论。

　　之后，蒙塔巴诺把全部的想法告诉了他：先设一个复杂的陷阱，然后像钟表一样静静埋伏，如果一切顺利的话，会钓上大鱼。

　　"你们两个同意吗？"

　　"当然！"米米说。

　　法齐奥看上去似乎有点疑惑。

　　"警长，这个行动要在这儿，也就是警局展开，这一点毫无疑问。问题是坎塔雷拉也在这儿。"

　　"那又怎样？"

　　"警长，坎塔雷拉很有可能会泄露这场秘密行动的，他会把普雷斯蒂亚带到我的办公室，让罗·杜卡进你的办公室，你会发现，他在附近……"

　　"好吧，让他进来见我，我会派给他一个秘密任务。你，法齐奥，去打你需要打的电话，打完后回来。你也是，米米，行动起来。"

两人出去了，没一会儿，坎塔雷拉就跑着进来了。

"进来，坎塔雷拉，锁上门，坐下。"坎塔雷拉照做了。

"现在你要仔细听，因为我将要分给你一个非常秘密的任务，这个任务谁也不知道。有关这次任务的事情，你不能对任何人说。"

坎塔雷拉感到很兴奋，他在椅子上动来动去，以找到最佳的姿势聆听警长派的任务。

"我让你去马里内拉，就在我房子的马路对面，那儿有一个正在施工的房子，你就在那儿找个地方埋伏。"

"我知道这个地方，警长。但是，我找好位置后怎么做？"

"你必须带一张纸和一支钢笔。记下每一个沿海滩路过我家的人，记下他们是男是女，是老人还是孩子，等等……当天黑了的时候，你就拿着你记下来的东西回到警察局。一定要注意，不要让任何人看到你！这是高级机密行动。现在，出发吧。"

坎塔雷拉深受感动，落下了热泪。他没想到警长竟然如此器重他，让他担负如此重任。警长说完话后，坎塔雷拉站起来，脸红得就像烤鸡一样，一句话也说不出来，只是敬了个军礼，双脚并拢，皮鞋碰撞，发出响亮的声音。他摸着门把，费了很大的劲才打开门，离开了。

过了一会儿，法齐奥回来了，他说："搞定了。"

"米基利诺·普雷斯蒂亚四点到，罗·杜卡四点半准时赶到，这是贝利维尔的地址。"

他递过去一张小纸条。蒙塔巴诺马上揣进了口袋。

"现在我要去告诉加洛和加鲁佐他们应该做什么，"法齐奥继续说，"奥杰洛警长让我告诉他们一切准备就绪，他四点会出现在停车场。"

"好，你知道我要说什么吗？我要去吃饭了。"

※

他只吃了一丁点开胃菜，他决定不吃意大利面了，强迫自己吃了两条海鲤。他吃饱了，肚子像拳头一样硬，他不想再唱歌了。

毫无征兆的，他突然担心起下午的行动了。

"警长，你今天怎么没好好吃我的饭啊。"

"原谅我，恩佐，今天很特殊。"

他看了看手表，他还有充足的时间溜达到灯塔，但没时间在岩石上坐着休息了。

※

顶替坎塔雷拉的是拉瓦卡拉巡警，这个小伙很机灵。

"你知道你要做什么吗？"

"知道，警长，法齐奥都和我说了。"

警长进了办公室，他打开窗户，抽了一根烟。抽完后关上窗户，在办公桌处坐下来。就在这时，有人敲门了，当时是四点十分。

"请进！"

进来的是拉瓦卡拉。"警长，普雷斯蒂亚先生来了。"

"让他进来。"

普雷斯蒂亚进来后，说道，"警长，下午好。"

拉瓦卡拉关上门，回到他的办公桌处。蒙塔巴诺站起来，把手伸向普雷斯蒂亚。

"请随意！我真的很抱歉打扰你，但你知道，有时候，事情是多么……"

"米歇尔·普雷斯蒂亚五十多岁，穿着很体面，戴着金色眼镜，看起来非常稳重，给人的感觉是一位诚实的会计师。"

"给我大概五分钟，然后我再回来跟你谈。"他需要停下来，假装正在读一份文件，他时不时地会笑笑或皱眉，然后把文件放在一边，盯着普雷斯蒂亚看了很长时间，一句话也没说。法齐奥曾说过，普雷斯蒂亚不是个大人物，只不过是贝利维尔手下的小跟班而已。不过，他看上去很有几分胆量。最后警长下定决心，说道："你的妻子向我们提交了一份报告，是指控你的。"

普雷斯蒂亚惊呆了，他眨了眨眼。既然都混到了不该进的圈子里，他好像还指望能毫发无损呢。他几次张开嘴巴要说话，但没说出来，最后，他终于说出话来了。

"我的妻子？指控我？"

"她给我们写了一封很长的信。"

"我妻子？！"他感到震惊不已。

"她指责我什么？"

"家暴不断。"

"我？！所以我应该……"

"普雷斯蒂亚先生，我建议你不要一直否认事实。"

"但这怎么可能？我要疯了！我可以看看这封信吗？"

"不行，我们已经把它交给检察官了。"

"你看，警长，显然这里有些误会，我……"

"你是米歇尔·普雷斯蒂亚吗？"

"是。"

"五十五岁？"

"不，警长，五十三。"

蒙塔巴诺皱起眉头，好像陷入了疑惑之中。

"你确定吗？"

"万分确定！"

"嗯。你住在林肯大街 47 号吗？"

"不，我住在阿贝特梅利莎大街 32 号。"

"真的吗？我可以看你的身份证吗？"

普雷斯蒂亚拿出钱包，把身份证递给了他。蒙塔巴诺认真地看了很长时间，还时不时地抬头看看对方。然后又去看文件了。

"现在很清楚的是……"普雷斯蒂亚说道。

"没什么清楚的事儿，稍等片刻，我马上回来。"

他站起来，离开屋子，关上门，去见拉瓦卡拉。坎塔雷拉的房间里还有加鲁佐，正等着他。

"他在这儿吗？"

"在，警长，我刚让他找法齐奥去了。"拉瓦卡拉说道。

"加鲁佐，跟我来。"

他回到办公室，加鲁佐跟在后面。他一脸困扰，特意把门留着没关。

"很抱歉，普雷斯蒂亚先生，搞错人了。麻烦你一趟，希望你原谅。跟着加鲁佐警员去一趟，签完字就可以走了。祝你好运！"

他伸出手，普雷斯蒂亚嘀咕着什么。加鲁佐离开后，他才走。蒙塔巴诺感到自己变成了一座坚定的雕像。现在是关键时刻。普雷斯蒂亚在走廊走了两步，发现对面是罗·杜卡。罗·杜卡从法齐奥办公室出来，法齐奥跟在后面。蒙塔巴诺看到这两个人后，呆呆地站了一会儿。加鲁佐突然脑洞大开，像警长一样说道："快走，普雷斯蒂亚！别停下！"

普雷斯蒂亚不再呆呆地站着，他走了起来。法齐奥轻轻推了一下陷入沉思中的罗·杜卡。两人配合得天衣无缝。法齐奥说："警长，罗·杜卡先生来了。"

"进来，进来。你可以留下，法齐奥，如果你愿意的话。在这里请随意，罗·杜卡先生。"

罗·杜卡坐下来。他面色苍白，显然还没有从看见普雷斯蒂亚从警长办公室出来时的震惊中恢复过来。

"我不明白为什么你刚刚那么急匆匆地……"

"一分钟后，我会告诉你的。但在此之前，我必须郑重地问你一个问题：杜卡先生，你想要律师吗？"

"不想！我为什么要找律师？"

"你会想要的。罗·杜卡先生，我把你叫过来，是因为我有几个关于盗马案的问题想要问你。"

罗·杜卡露出了很僵硬的笑容。

"哦，这样吗？问吧！"

"咱们谈话的那个晚上，就是在菲亚卡那个晚上，你告诉我，被盗以及被杀的马可能是埃丝特曼夫人的，这可能是杰兰多·古雷理干的。几年前，您用一根铁杆打了他，致其终生残疾。这就是这位女士的马被铁杆打死的原因。如果我记得没错的话，你当时说的是'以牙还牙'。"

"是的……我想我说过这样的话。"

"好，罗·杜卡先生，谁告诉你这匹马是用铁杆杀死的？"

罗·杜卡看起来乱了阵脚，不知所措。

"嗯……我觉得是拉凯莱·埃丝特曼……也可能是别人，但这个有什么重要的？"

"很重要，罗·杜卡先生，因为我从来没和埃丝特曼夫人说过她的马是怎么死的。其他人也不可能知道。我只和一个人说过，这个人与你没有任何关系。"

"但这只是一个小细节……"

"就是这个小细节引起了我的怀疑。首先，你，我必须承认，那天晚上，你真的很机智。你玩得很溜啊！你不仅告诉了我古雷理的名字，你还怀疑被杀的马是拉凯莱·埃丝特曼的。"

"警长，你听我说……"

"不，你听我说，当我从埃丝特曼夫人那儿得知，你坚称把她的马放在你的马房，我就不由得又开始怀疑了。"

"但这只是客套而已！"

"罗·杜卡先生，在你继续说之前，我应该警告你，我已经和米歇尔·普雷斯蒂亚进行了很长的对话，收获颇丰。为了交换我们对他的某种，嗯，善意，他给我们提供了一些关于马被盗的珍贵资料。"

讲得好！切中要害了！罗·杜卡的脸色变得更加苍白，他开始出汗，在椅子上动来动去。他亲眼看见普雷斯蒂亚和警长交谈后走出来，而且他听到另一名警察对他态度很恶劣。所以他就相信了谎言，但他仍然试图为自己辩护。

"我不知道那个人可能有什么……"

"让我继续说，你猜怎么着？我终于找到你要找的东西了。"

"我在找什么？那是什么？"

"这个。"蒙塔巴诺说。

他伸进口袋，拿出马蹄铁，把它放在桌子上，这给了他致命一击。罗·杜卡的身体摇摇晃晃，差点从椅子上掉下来。他的嘴里流出了一串口水。他意识到自己就要完蛋了。

"这就是个普通得不能再普通的马蹄铁，没有任何与众不同的地方，这是我从死马的蹄子上拿下来的。不过，埃丝特曼夫人的马的蹄铁上刻着一个小 W，谁可能会注意到这个细节呢？这个人当然不是普雷斯蒂亚、贝利维尔或者死去的古雷理，而是你，你注意到了。于是，你通知同伙，除了要移走马的尸体，还要把马蹄铁拿走。但马蹄铁在我这里，因为这个马蹄铁，你知道的，它可以证明被杀的马不是那位女士的，而之前你想让大家都相信被杀死的是她的马。事实上，这匹马是你的，你那匹病入膏肓、已经建议安乐死的马。普雷斯蒂亚刚跟我说，像埃丝特曼这样的马将给非法马赛组织者带来数百万的收入。但是，我敢肯定，你不是为了钱。那么为什么呢？你被勒索了吗？"

罗·杜卡现在说不出话来，他浑身被汗水湿透了，低着头，点头表示同意。然后他深深地呼了一口气，说道："他们想要我一匹马，用于非法马赛，当我拒绝时……他们让我看了一张照片，是我……和一个小男孩的合照。"

"够了，罗·杜卡先生，我就从这儿开始说。由于埃丝特曼夫人的马与你众多马中的一匹很像，而且你那匹马很快就要死了，所以你就想出了这个方案，伪装成盗马，残忍地杀害自己的马，这样看起来就像仇杀了，但你怎么忍心这样做呢？"

罗·杜卡双手掩面，泪珠从他的指缝间流出来。

"我很伤心……我跑到罗马，那样，我就不用……"

"好吧，"蒙塔巴诺说，"听我说，一切都结束了。我再问你一个问题，你就自由了。"

"自由？"

"我不负责这项调查，你向蒙特鲁萨中心警局报告了，不是吗？所以，这件事，我让你的良知做决定。你觉得怎样做最好，你就怎么做，但是请接受我的建议：你去蒙特鲁萨自首吧，他们会尽量掩盖照片的事情，我敢肯定。如果你不这样做，那就相当于把自己完全交到库法罗手里。他会像榨柠檬一样榨干你，然后把你扔掉。所以我的问题是：你知道普雷斯蒂亚把埃丝特曼夫人的马藏在哪里了吗？"

蒙塔巴诺一直都很清楚，这个问题是他谋划的整个计划中最没有把握的一个环节。如果普雷斯蒂亚真的跟他谈过话，他肯定已经说出把马藏在哪儿了。但是，罗·杜卡太伤心了，他神情恍惚，完全没有注意到这是一个多么奇怪的问题。

"知道。"他说。

法齐奥不得不扶着罗·杜卡，帮他从椅子上站起来，然后带他回自己的车里。法齐奥扶着罗·杜卡站了一会儿。

"但是，你能开车吗？"

"能……能的。"他开车差点和另一辆车撞上。

看着车开走后，法齐奥又回到警长办公室。

"你怎么看？他会去蒙特鲁萨警察局吗？"

"我想会。给奥杰洛打电话，打通后把电话给我。"米米立刻接了电话。

"你跟踪普雷斯蒂亚了吗？"

"跟着呢，他朝锡勒亚奈的方向走了。"

"米米，我们刚得到消息，他把马藏在距锡勒亚奈大概四千米的一个马棚里，而且，我确定他在那里留了一个人看门儿。"

"你那儿带着多少人呢？"

"吉普车上有四人，小货车上有两人。"

"保持警惕，米米。发生任何事就给法齐奥打电话。"

他挂了电话。

"加洛和加鲁佐的车备好了吗？"

"好了，警长。"

"好，那你在我办公室里待着，告诉拉瓦卡拉，所有电话都转由你来接，我们会向你报告，再把地址说一遍，我找不到了。"

"克里斯皮大街，10号，是一幢一层的办公室，有两个房间，保安在第一个房间里，贝利维尔总是在第二个房间里待着，也就是说，他不出去杀人的时候，总是在第二个房间里待着。"

※

"加洛，咱们先把这件事说清楚。这次，你要万分小心，我是说真的，我不希望你到时候发出任何警笛或刺耳的轮胎摩擦的声音，我们必须出其不意地将其抓获。而且，我不希望你在10号门口停车，而是在前面一点。"

"你不和我们一起走吗，警长？"

"不，但我会开我的车跟着你。"

他们大约十分钟后到那儿。蒙塔巴诺把车停在巡逻车后，下车。加鲁佐向他走来。

"警长，法齐奥让我告诉你带上枪。"

"我带着呢。"

他打开车上的工具箱，拿起武器，把它放到口袋里。

"加洛，你待在第一个房间的后面，给我们把风。你，加鲁佐，跟我一起去第二个房间。这里只能进不能出，所以他没办法逃脱。我先去，我的意思是：尽可能小声点。"

这条街道很短，大概有十辆汽车停在那儿。街上没有商店，唯一能看得见的活物就是一个男人和一条狗。

蒙塔巴诺走进去。男子大概三十岁，正坐在桌子旁读体育杂志，他抬起头，看到蒙塔巴诺，认出了他，于是站起来，伸手去抓塞在皮带里的左轮手枪。

"别做傻事！"加洛低声说道，用枪指着他说。

那人把手放在书桌上。蒙塔巴诺和加鲁佐彼此看着对方，然后他转动第二个房间的门把手，他打开门走进去，加鲁佐跟他在后面。

"哈！"一个秃头的男子说道。这个男子大概五十岁，穿着衬衫，表情鬼鬼祟祟的，眼睛小而长，就像一条线一样。他放下手里的电话听筒，看上去一点也不惊讶。

"我是蒙塔巴诺警长。"

"久仰大名，警长，那他呢？要引见一下吗？"他讽刺地说道，他的眼睛从未从加鲁佐那里移开。

"我感觉我曾见过这位绅士。"

"你是弗朗西斯科·贝利维尔吗？"

"是。"

"你被捕了。而且，我应该警告你，无论你说什么为自己辩护，都没人相信你。"

"这个程序不对啊！"贝利维尔开始大笑。

然后他平静下来，说道："别担心，加鲁佐，我不会说我杀了古雷理，但我也不会说你杀了他，既然这样，那你为什么要逮捕我？"

"因为两匹马被盗。"

贝利维尔又开始大笑起来，笑得前仰后合。

"我真的好怕怕哦！你有证据吗？"

"罗·杜卡和普雷斯蒂亚已经承认了。"蒙塔巴诺说。

"这一对活宝！一个智商低得令人着急，另一个就是个受气包！"

他站起来，向加鲁佐伸出手腕："来吧，铐上我吧！结束这场闹剧！"

加鲁佐看都没看贝利维尔一眼，他觉得这样很无聊，直接把手铐铐在他手上。

"我们要把他带去哪儿？"

"托马塞奥检察官那儿。等你出发去蒙特鲁萨的时候，我会告诉他你在路上了。"

※

他回到总部，进入他的办公室。

"有什么消息吗？"他问法齐奥。

"还没有，你呢？"

"我们逮捕了贝利维尔，他没有任何反抗，我要从米米的办公室给托马塞奥打电话。"

检察官还在办公室，责备警长调查这个案子什么都没告诉他。

"这一切发生，仅仅用了几个小时，先生，根本就没时间……"

"那你因什么罪名逮捕他的？"

"偷走两匹马。"

"嗯，对于像贝利维尔这样的人来说，这个罪名确实太微不足道了。"

"先生，你知道他们说我来自哪里吗？他的每一句屁话都算数！无论如何，我相信贝利维尔杀死了古雷理。如果我们好好审他，即使他口风再严，最终也会供出一些实情来。"

他回到办公室，发现法齐奥正在打电话。

"是……是……好的，我会转告给警长。"

他放下电话，对蒙塔巴诺说："奥杰洛跟我说，他们看到普雷斯蒂亚进了一个旁边带有马厩的房子，但房子外除了普雷斯蒂亚的车外，还有四辆车，奥杰洛猜测他们可能在里面开会。为避免打草惊蛇，他说最好等着其他人都离开。"

"说得对。"

一个小时过去了，仍然没有任何电话打进来，显然这个会很长。蒙塔巴诺再也等不下去了。

"给米米打电话，问他发生什么事了。"

法齐奥对奥杰洛通了电话。

"他说他们还在里面，里面至少有八个人，最好再等一下。"

蒙塔巴诺看了一眼他的手表，跳了起来。已经八点半了。

"听着，法齐奥，我得去马里内拉了，一旦有任何消息，给我打电话。"

※

他跑着走进家门，打开落地双扇玻璃门，在阳台上摆好餐桌。

他还没摆完，门铃就响了。他跑去看，是英格丽和拉凯莱，她们两个拿着三瓶葡萄酒、两瓶威士忌和一个包裹。

"这是卡萨塔奶酪。"英格丽解释道。

因此，他觉得她们的目的绝对不简单。蒙塔巴诺走进厨房开酒，这时电话响了，一定是法齐奥。

"你们两个，接一下！"他说。

他听到拉凯莱的声音："你好？是的，这是蒙塔巴诺警长家，你是？"他突然浑身感到脊梁骨冒寒气，他冲进餐厅，但是拉凯莱刚挂电话。

"谁打来的？"

"一个女的，她没说名字就挂了。"

他没像之前几次那样几乎倒下去，但他感到天花板开裂砸在了他头上。刚才打电话的一定是利维娅！现在他要怎么向她解释说，这只是个普通的朋友聚会？他妈的。真不应该这个时候邀请她们来吃晚饭！他猜想一个艰难的夜晚即将到来，大部分时间都要花在电话沟通上。他内心纠结地回到厨房，这时，电话又响了。

"我来接！我来接！"他大叫道。

这次是法齐奥。

"警长吗？一切都完成了！奥杰洛警长逮捕了普雷斯蒂亚，并将他带到了检察官那儿，他们找到了埃丝特曼的马，看起来毫发未损，他们把马放进了面包车。"

"他们把它带去哪儿了？"

"带到奥杰洛警长的一位朋友的马厩那儿，奥杰洛把一切也告诉了蒙特鲁萨那边的同事们了。"

"谢谢，法齐奥，我们这个任务完成得确实很漂亮！"

"这都是你的功劳，警长。"

他来到阳台，背靠着落地双扇玻璃门，他对这两个女人说："吃完饭后，我想和你们说点儿事情。"

他不想让各种拥抱、喜极而泣、温情和感激破坏这顿饭的气氛。

"我们来看看阿德莉娜为我们做了什么好吃的吧！"他说。